Lisa Tawn Bergren

Leuchtfeuer der Sehnsucht

Roman

Lisa Tawn Bergren

Leuchtfeuer der Sehnsucht

Roman

Schulte & Gerth

Die amerikanische Originalausgabe erschien im Verlag
Multnomah Publishers,
Sisters, Oregon, USA, unter dem Titel „Torchlight“.

Aus dem Amerikanischen übersetzt von Eva Weyandt.

Best.-Nr. 815 950
ISBN 3-89437-950-2
1. Auflage 2004
Umschlaggestaltung: Immanuel Grapentin
Satz: Die Feder GmbH, Wetzlar
Druck und Verarbeitung: Ebner & Spiegel, Ulm
Printed in Germany

Kapitel Eins

Julia Rierdon fuhr in den Frühling hinein. Die grünende Landschaft ließ ihr Herz vor Freude hüpfen. Die sprießenden Blätter an den Bäumen schienen ihr zuzuwinken, als sie in ihrem roten Cabriolet an ihnen vorbeiraste. Genau das hatte sie sich erhofft, als sie die überfüllten Straßen San Franciscos hinter sich ließ.

In der Luft lag noch ein Hauch des Winters, doch die Sonne schien, und trotz des kühlen Windes konnte Julia nicht widerstehen, das Verdeck herunterzuklappen. Sie fuhr an den Straßenrand und streckte sich. Aus ihrer Tasche nahm sie einen warmen Wollmantel mit passender Kappe, reckte sich noch einmal, dann stieg sie wieder ein und ließ den Motor an. Damit wenigstens ihre Füße warm blieben, drehte sie die Heizung voll auf. „Ich bin bald da", sagte sie zu sich selbst und fädelte sich wieder in den Verkehr ein.

Eine Stunde später fuhr Julia einen Berg hinauf. Hier gab es nur noch wenige Bäume, und sie hatte einen atemberaubenden Blick auf den Atlantik. Beim Anblick des tiefblauen Wassers, das sie als Kind vom Fenster ihres Elternhauses aus hatte sehen können, stieß sie einen Freudenschrei aus. Ihre Erinnerung an das Haus und den Leuchtturm waren nur schwach. Beide standen nun seit bald zwanzig Jahren leer und waren sicher ziemlich heruntergekommen. Jemand mit viel Enthusiasmus – und dem nötigen Kleingeld – mußte sich ihrer annehmen. Sie würde dieser Jemand sein, und sie konnte ihr Glück kaum fassen.

Julia war so in Gedanken versunken, daß sie das Motorrad, das nun schon eine ganze Weile hinter ihr herfuhr, gar nicht wahrgenommen hatte. In einem kleinen Fischerdorf drosselte sie die Geschwindigkeit, beschleunigte aber sofort wieder, als sie es hinter sich gelassen hatte. Nach weiteren sechs Kilometern setzte der Motorradfahrer zum Überholen an, so daß sie ihn im Seitenspiegel entdeckte. Langsam zog er auf gleiche Höhe mit ihr. Er hielt seinen Blick fest auf Julia gerichtet, nicht auf die Straße vor sich.

Der Mann trug Jeans und Cowboystiefel, außerdem eine verwaschene Jeansjacke. Die offensichtliche Aufmerksamkeit, mit der er Julia bedachte, ließ sie rot anlaufen. Sein Gesicht unter dem Motorradhelm konnte sie nicht erkennen, seine gleichgültige Haltung dem entgegenkommenden Verkehr gegenüber machte sie jedoch nervös. *Er spielt mit mir,* dachte sie. *Nun, da kann ich mithalten.*

Sie schob sich ihre Sonnenbrille höher auf die Nase und erwiderte seinen Blick. Der Mann nahm ihre dunkelblauen, entschlossenen Augen in sich auf und lachte, als es ihm nicht gelang, sie dazu zu bringen, den Blick abzuwenden.

Dann kam ihnen ein mit Holzstämmen beladener Lastwagen entgegen.

Julias Herzschlag beschleunigte sich. Sie trat auf die Bremse, und der Motorradfahrer schwenkte mit Leichtigkeit vor ihr ein. Der Lastwagenfahrer drückte auf die Hupe und zeigte ihnen die Faust.

Der Motorradfahrer winkte Julia noch einmal zu, dann gab er Gas.

Innerhalb weniger Sekunden war er verschwunden.

Es dauerte eine Weile, bis Julias Herzschlag sich wieder beruhigt hatte.

Kapitel Zwei

Nachdem sie an drei weiteren Fischerdörfern und einigen Hütten mit der Aufschrift FRISCHER HUMMER vorbeigekommen war, sah sie das Ortsschild von Oak Harbor vor sich, einem Ort mit 435 Einwohnern. Es war Spätnachmittag, und die strahlende Frühlingssonne schien auf Berge, Täler und die Bucht. Sie spiegelte sich auf der riesigen Wasserfläche. Die meisten der weiß gestrichenen Holzhäuser verfügten über eine sonnige Terrasse und große Gärten, in denen die ersten Frühlingsblumen ihre Köpfe durch die harte Erde streckten. In diesem Ort gab es nur wenige Ziegelhäuser, aber zwei Kirchen mit einem Kirchturm und einer Glocke. Etwas weiter die Küste hinauf gab es eine überdachte Brücke, die den Hafen mit einer ins Meer ragenden Landzunge verband.

Nach der langen Fahrt war Julia ausgehungert. Sie parkte den Wagen vor einem Restaurant, über dem ein Schild mit der Aufschrift TARAS FUTTERHÄUSCHEN hing. Beim Betreten des Lokals mußte sie feststellen, daß keine anderen Gäste da waren – fürs Mittagessen war es zu spät und fürs Abendessen zu früh. Die große Holzbar ließ darauf schließen, daß dieses Restaurant einmal eine Kneipe gewesen war.

Die Wände waren in einem hellen Braun gestrichen, und die Einrichtung vermittelte eine anheimelnde Atmosphäre. *Super*, dachte Julia. *Hier hat jemand künstlerisches Talent.* Sie setzte sich auf einen Barhocker und wartete auf die Bedienung. In der Küche konnte sie jemanden summen hören. Anscheinend schnitt er oder sie Gemüse.

Als nach einigen Minuten immer noch niemand gekommen war, rief Julia: „Hallo?"

Das Summen verstummte. Eine attraktive Frau mittleren

Alters streckte ihren Kopf durch die Durchreiche. „Du meine Güte", sagte sie. „Wie lange sitzen Sie denn schon da?"

„Noch nicht sehr lange. Es tut mir leid, wenn ich Sie gestört habe. Haben Sie geöffnet?"

„Wir haben immer offen, wenn ich hier arbeite. Was nützt einem ein Restaurant, wenn es geschlossen ist?" Die Frau lächelte und kam aus der Küche heraus, wobei sie sich die Hände an einem weißen Geschirrtuch abtrocknete, das ihr über die Schulter hing.

„Ich heiße Tara. Willkommen in Oak Harbor."

„Vielen Dank. Es ist schön hier", sagte Julia mit Nachdruck.

Tara zog die Augenbrauen in die Höhe. „Das klingt so, als würden Sie es ernst meinen."

„Das stimmt. Ich bin seit Tagen unterwegs, und es tut gut, endlich zu Hause zu sein. Ich habe vor, das Anwesen meiner Eltern zu renovieren. Ich will es zu einem kleinen Hotel umbauen. Mein Name ist Julia Rierdon."

„Rierdon? Dieser Name ist hier nicht bekannt. Von welchem Anwesen sprechen Sie?"

„Mein Ururgroßvater war der Schiffsbauer Shane Donnovan. Er baute das Haus neben dem Leuchtturm auf der Landspitze."

Tara riß die Augen auf. „Das sind ja tolle Neuigkeiten! Es wird höchste Zeit, daß sich jemand darum kümmert. Ich liebe dieses Haus. Ab und zu bin ich sogar schon einmal auf den Leuchtturm gestiegen, um die Gegend von dort oben zu betrachten." Sie errötete. „Vermutlich gestehe ich gerade ein, daß ich eingebrochen habe ... zumindest das Haus unbefugt betreten habe. Ein Schloß gibt es schon lange nicht mehr. Vermutlich haben es irgendwelche gelangweilten Kinder aufgebrochen. Es tut mir leid", fügte sie schnell hinzu. „Ich werde das ganz bestimmt nicht wieder tun."

Julia fühlte sich augenblicklich zu der Frau hingezogen, der das Anwesen so gut gefiel, von dem sie schon seit Jahren träumte. „Sie werden es ganz bestimmt nicht mehr unbefugt betreten – Sie werden mein Gast sein."

„Das ist sehr nett von Ihnen. Aber hören Sie, da Sie neu hier sind, warum kommen Sie nicht am Samstag abend zum Essen zu mir? Ich werde einige Leute aus dem Dorf einladen und Sie vorstellen ..., damit Sie sich hier gleich zu Hause fühlen. Aber da rede ich und rede! Sie sind schließlich hergekommen, um zu essen. Was kann ich Ihnen bringen?"

„Was haben Sie denn?"

„Ich kann Ihnen fast alles machen, was Sie möchten. Im Augenblick habe ich einen Topf leckere Muschelsuppe auf dem Herd und frisches Brot im Ofen. Wenn Sie noch fünf Minuten warten, ist es fertig."

„Fabelhaft. Und eine Tasse Kaffee wäre prima."

Die Frau lächelte freundlich und holte Julia den Kaffee. Julia beobachtete sie, während sie die dampfende Flüssigkeit in eine Tasse goß. Tara war kleiner und etwas stämmiger als Julia, und sie hatte rosige Wangen. Ihr kurzes, braunes Haar wippte energisch, und wenn sie sprach, funkelten ihre Augen. Julia freute sich darauf, sie besser kennenzulernen. *Kein Ehering*, dachte sie. *Vielleicht können wir beide uns zusammentun.*

„So, da ist Ihr Essen", sagte Tara, als sie Julia Minuten später den Suppenteller und das Brot brachte. Dann goß sie sich selbst eine Tasse Kaffee ein und setzte sich zu ihrem Gast. Sie beobachtete die hübsche Blondine beim Essen und war erstaunt, als Julia noch einen Teller Muschelsuppe haben wollte. Auch ein Stück Blaubeerkuchen nach dem Essen lehnte sie nicht ab. „Wie können Sie so schlank bleiben, wenn Sie so viel essen?" fragte sie offen.

Julia errötete. „Ja, ich esse wirklich gern – und viel. Vermutlich habe ich eine glückliche Veranlagung."

„Vermutlich", erwiderte Tara.

Julia lächelte sie an. „Haben Sie das Lokal eingerichtet? Es gefällt mir wirklich gut."

„Meine Urgroßeltern waren Shaker. Ich glaube, sie wären stolz zu sehen, daß ich ein anständiges Lokal aus der Dorfkneipe gemacht habe."

„Gibt es hier eigentlich noch Shaker-Siedlungen?"

„Ein paar. Eine befindet sich etwas weiter oben am Sabbat-See. Aber sie sterben langsam aus." Tara lächelte verlegen. „Was ist mit Ihnen? Was hat Sie veranlaßt, das Haus wieder instand zu setzen?"

„Oh, ich habe recht erfolgreich als Wirtschaftsprüferin für eine große Firma gearbeitet. Ich hatte ein großes Büro, ein Bombengehalt – doch mir ging es miserabel. Immer habe ich davon geträumt, hierher zurückzukommen und aus dem Haus etwas zu machen. Als ich dreißig wurde, beschloß ich, mein Leben zu ändern. Ich habe etwas Geld geerbt und hielt es für das beste, es in das alte Anwesen zu stecken."

Tara nickte. „Ich bin hier geboren. Viele meiner Freunde sind fortgegangen, nach New York oder Boston. Aber ich kann mir nicht vorstellen, diesen Ort zu verlassen. Sie werden sich erst daran gewöhnen müssen, doch ich glaube, es wird Ihnen hier gefallen."

Julia warf einen Blick nach draußen, dann auf ihre Uhr. Sie wirkte besorgt. „Meine erste Mahlzeit in Oak Harbor war herrlich, Tara. Vielen Dank für Ihre Gastfreundschaft, doch ich mache mich jetzt besser auf den Weg, wenn ich vor Einbruch der Dunkelheit das Anwesen noch erreichen und mich ein wenig einrichten will."

„Sie können doch nicht die Nacht in dieser Ruine verbringen! Sie werden sich zu Tode frieren. Warum übernachten Sie nicht einfach bei mir? Wir sind doch praktisch Nachbarn, und morgen früh können Sie sofort rüberfahren und sich alles ansehen."

„Vielen Dank, Tara, aber nichts wird mich davon abhalten,

noch heute abend nach Hause zu fahren. Ich bin so aufgeregt, ich kann es kaum erwarten."

Tara blickte sie resigniert an. „Gut, aber wenn Sie das Feuer nicht in Gang kriegen, kommen Sie einfach rüber. Ich wohne einen Kilometer südlich von Ihnen auf der linken Seite der Hauptstraße. Ich bin gegen zehn Uhr zu Hause, und ein Gästebett steht immer bereit. Viel Glück ... Es wartet viel Arbeit auf Sie."

„Vielen Dank für die Warnung." Julia lächelte und ging zur Tür.

Tara fand ihre neue Nachbarin nett und sah sie nur ungern gehen. Doch in diesem Augenblick betraten Benjamin DeBois und sein Sohn Mike das Lokal. Neugierig betrachtete Ben Julia, die an ihm vorbei ins Freie trat.

„Wer ist denn die Puppe?" fragte Mike sofort.

„Die *Puppe*, wie du sagst", erwiderte Tara und schlug ihm mit dem Geschirrtuch auf die Schulter, „ist meine neue Nachbarin Julia Rierdon."

„Julia wer?"

„Rierdon. Sie hat das Haus am Leuchtturm geerbt, und sie will das Anwesen renovieren und zu einem Gasthaus umbauen."

„Wow! So eine süße Puppe, und dazu noch reich!" Der Junge war das Ebenbild seines Vaters. Sie setzten sich an den Tresen, um mit Tara zu plaudern, wie sie es an drei Nachmittagen in der Woche zu tun pflegten.

„Nicht schlecht", brummte Ben. „Genau was wir brauchen. Noch mehr reiche Leute, die herkommen und die Grundsteuern in die Höhe treiben."

„Hast wohl einen schlechten Tag, was?" neckte Tara.

Er gestattete sich ein Lächeln. Tara gelang es immer, seine schlechte Laune zu vertreiben. „Es tut mir leid. Obwohl Frühling ist, fangen wir nicht viel. Wenn das so weitergeht, werde ich Mike nie aufs College schicken können."

„Ach, wer will denn schon aufs College gehen?" meinte der Fünfzehnjährige.

„Du!"

„Man braucht kein Examen, um Fischer zu werden", widersprach Mike.

„Sohn, das haben wir doch alles schon mal durchgekaut. Es wird nicht immer genügend Hummer hier geben, daß du dich davon ernähren kannst. Es ist an der Zeit, daß du der Realität ins Auge blickst." Bens Stimme war leise und fest.

„Das ist mir egal. Ich will hierbleiben. Wenn ich nicht fischen kann, dann finde ich eben eine andere Beschäftigung auf dem Wasser."

Tara unterbrach die familiäre Auseinandersetzung. „Wie wär's mit einem Teller Muschelsuppe?"

Beide Köpfe wendeten sich ihr zu.

„Das klingt großartig, Tara", meinte Ben und lächelte sie verlegen an.

Kapitel Drei

Julia folgte Taras Wegbeschreibung, doch sie hätte das Haus auch ohne ihre Erklärungen gefunden. Das Donnovan-Haus, von Julias Ururgroßvater „Leuchtfeuer" genannt, war das größte Gebäude in Oak Harbor. Als die Sonne im Westen zu versinken begann, färbte sich das Meer östlich des alten Hauses blaugrau. Die Wellen brachen sich an dem felsigen Riff vor dem Leuchtturm, der im Jahre 1791 auf Anweisung George Washingtons gebaut worden war. Früher war das Signalfeuer lebenswichtig gewesen, denn es wies den Schiffen den

Weg durch die gefährlichen Riffe und Untiefen der Küste Maines.

Neben dem Leuchtturm befand sich ein kleines Gebäude, das wohl dem Leuchtturmwärter als Unterkunft gedient hatte. Als der Schiffsbauer Shane Donnovan das Anwesen kaufte, hatte er dem Betreiber des Leuchtturms gestattet, auf seinem Land zu bleiben. Wie man sich erzählte, hatte Shane eine Vorliebe für Leuchttürme, zweifellos weil sie so viele seiner Schiffe gerettet hatten. Seine Frau Anna hatte sich in diese Landspitze verliebt; sie hielt sie für einen wundervollen Bauplatz für ihr Haus.

Zu Hause. Als Julia vor den großen Eisentoren des Anwesens stand, konnte sie Anna nur zustimmen. Das Anwesen war genauso wild und wundervoll, wie sie es in Erinnerung hatte. Nach dem Aussehen des verschachtelten Gebäudes zu urteilen, würde es viel Durchhaltekraft kosten, es zu zähmen. Sie blieb stehen und krempelte sich innerlich die Ärmel hoch; sie war entschlossen, das „Leuchtfeuer" in seinem alten Glanz wiedererstehen zu lassen.

Nachdem sie vergebens versucht hatte, die Eisentore zu öffnen, warf sie ihre Tasche über die alte Steinmauer und kletterte hinüber, wie sie es als Kind immer getan hatte. Hart landete sie auf der anderen Seite. *Ich bin doch nicht mehr so gelenkig wie früher.*

Sie bahnte sich den Weg durch das wuchernde Gestrüpp zur Eingangstür. Nachdenklich betrachtete sie das alte Haus. Die weiße Farbe blätterte ab, die Läden hingen schief herunter, und das Dach über der Veranda hatte offensichtlich ein Loch. *Da gibt es viel zu tun.*

Die Verandastufen ächzten unter Julias Gewicht. Sie steckte den Schlüssel ins Schloß, und die riesige Eichentür öffnete sich erstaunlicherweise ohne das geringste Geräusch. Sie unterdrückte den Wunsch zu rufen: „Hallo, ist jemand da?" und schüttelte die Beklemmung ab, die sich ihrer bemächtigte. *Unheimlich. Vielleicht hätte ich Taras Angebot annehmen sollen.*

Es roch nach Staub und Moder. Sie wühlte in ihrer Tasche nach der Taschenlampe, denn im Dämmerlicht erschienen die abgedeckten Möbelstücke wie seltsam geformte, lauernde Tiere. Julia war erleichtert, als sie endlich die Taschenlampe gefunden hatte und sie anknipsen konnte. Sie stand in der großen Eingangshalle und blickte auf die Treppe, die zunächst gerade hochführte und sich dann y-förmig teilte. Die rostfarbenen Teppiche waren schmutzig und verschlissen, und das solide Eichengeländer mußte überarbeitet werden, doch mit ein wenig Aufwand würde die Eingangshalle bald genauso großartig aussehen wie früher.

Julia ging nach links in die Küche. Dort trat sie in eine Wasserlache, und sie stöhnte bei dem Gedanken, welchen Schaden das Wasser wohl an den Holzfußböden angerichtet hatte. Wie würde es erst oben aussehen? Der Strahl ihrer Taschenlampe fiel auf die blau-weißen Fliesen in der großen, alten Küche. Die Kupferkessel standen immer noch auf ihrem Ständer, so als hätte jemand erst am Tag zuvor das Haus verlassen.

Die Ausstattung war beinahe vollständig. Als Julias Großvater im Alter von achtundneunzig Jahren gestorben war, hatten seine Nachkommen nichts von den Sachen gewollt. Sie hatten alles, was sie brauchten, und kamen ganz gut allein zurecht – die meisten an der Westküste. Sie besaßen ihre eigenen Töpfe. Nach seinem Tod hatte die Familie das Haus noch zehn Jahre lang weiter unterhalten und gedacht, sie würden häufiger dort zu Besuch sein, doch schließlich war es verschlossen worden.

Julia freute sich, daß so viel Kram zurückgeblieben war. Sie öffnete eine Schublade und war erstaunt, daß sie nach so vielen Jahren noch so leicht aufging. Die Schublade war leer. *Aber,* dachte Julia, *es gibt noch so viele andere, in denen ich herumstöbern kann!* Sie ging weiter durch die Schwingtüren ins

Eßzimmer hinüber. Der Eßtisch war riesig. Achtzehn Leute fanden an ihm Platz. Julia entfernte die staubigen Tücher von dem alten Tisch aus Kirschbaum und von den Stühlen, die um ihn herum standen. *Unglaublich. Wie kommt es, daß dieses Haus in all den Jahren nicht ausgeplündert worden ist?*

Der Porzellanschrank war ebenfalls aus Kirschbaum gearbeitet. Ein wundervolles Stück mit einem Mittelteil aus Glas, in dem früher herrliche Kristallgläser und Porzellanerbstücke gestanden hatten. Julias Tante Linda hatte versprochen, ihr die Stücke, die noch da waren, zu schicken. „Sie gehören in das alte Haus", hatte sie gesagt und keinen Widerspruch von ihrer Nichte geduldet.

Julia ging zurück in die Eingangshalle. Es wurde immer dunkler im Haus. Die nächste Tür führte in den Raum, der früher ihr Lieblingszimmer gewesen war: die Bibliothek. Auch hier roch es sehr stark nach Staub und Moder. Hier und da standen kleine Sitzgruppen in dem riesigen Zimmer verteilt. Doch was Julia am meisten faszinierte, waren die Bücher, Hunderte von ledergebundenen Ausgaben.

Sie leuchtete mit ihrer Taschenlampe die Regale entlang und hoffte, daß die Bücher noch erhalten waren. Die Bibliothek war riesengroß; Anna hatte Bücher über alles geliebt. Julia freute sich schon auf die vielen Stunden, die sie in diesem Raum verbringen würde. Sie ging zum Fenster und spähte zum Leuchtturm hinüber. Doch die Dämmerung schritt fort, und Julia wollte noch einen Blick in die oberen Räume werfen, bevor es ganz dunkel wurde. Sie verließ die Bibliothek durch die bogenförmige Tür, die ins Wohnzimmer führte. Dann ging sie nach oben.

Die letzte Stufe knarrte, und wieder durchlief sie ein Schaudern. *Komm schon, Julia, sei tapfer.* Schnell schritt sie den Gang entlang und warf einen Blick in die Räume: das Klosett, mehrere Gästezimmer, ein großes Schlafzimmer mit eigener Toilette und noch drei weitere Schlafzimmer.

Nur zwei Toiletten für all diese Leute. Das war sicher nicht einfach. Julia kehrte in das große Schlafzimmer zurück. Sie überlegte, ob sie Feuer machen sollte, beschloß dann aber, früh ins Bett zu gehen. Sie rieb sich die Arme. Es war kalt, und trotz ihres dicken Wollpullovers und Mantels fror sie.

Wieder öffnete Julia ihre Tasche und holte ihre Bettlaken heraus. Sie nahm die Decke von dem großen Bett mit den vier Pfosten und bezog die Matratze. Die Federbetten waren mottenzerfressen, darum zog sie es vor, in ihrem Schlafsack zu schlafen. *Morgen*, beschloß Julia, *werde ich im Ort einige Decken kaufen.*

Sie nahm einen Schluck aus ihrer kleinen Wasserflasche und legte sich noch vor acht Uhr schlafen. Um halb neun war sie bereits fest eingeschlafen. Nicht einmal das laute Ächzen des Hauses konnte sie in ihren Träumen stören.

Kapitel Vier

Als Julia erwachte, lag sie in der Mitte des alten Bettes. Die Matratze war so durchgelegen, daß sie Mühe hatte, sich aus der Kuhle zu rollen. *Schätze, ich brauche auch eine neue Matratze.* Es gab tausend Dinge, die sie besorgen mußte. In dem Haus war es so kalt, daß ihre Nase – der einzige Körperteil, der aus ihrem Schlafsack herausgeragt hatte – ganz taub war. Sie atmete tief durch und öffnete dann den Reißverschluß ihres Schlafsacks. So schnell sie konnte, rannte sie zu ihrer Tasche. Beim Anziehen hüpfte sie von einem Fuß auf den anderen, damit ihre Füße nicht so schrecklich kalt wurden.

Kein fließendes Wasser. Keine Elektrizität für den alten

Kühlschrank in der Küche. *Alles der Reihe nach*, sagte sie sich schließlich. Ihr Magen knurrte. Sie würde in den Ort fahren, erst einmal frühstücken und dann ihre ersten Einkäufe erledigen.

Julia blieb viel länger bei Tara, als sie beabsichtigt hatte. Sie plauderten und lachten miteinander.

„O Tara, ich kriege keinen Bissen mehr runter! Und ich habe tausend Dinge zu erledigen. Wir können uns ja morgen weiter unterhalten, in Ordnung?"

„In Ordnung."

„Hast du nicht Lust, herauszukommen und dir das Haus anzusehen, bevor ich mit den Renovierungsarbeiten beginne? Ich zeige dir, was ich vorhabe." Das Du hatten sie sich schon vor einer Dreiviertelstunde angeboten.

„Das wäre sehr schön. Ich bringe meine Kamera mit und mache einige Aufnahmen."

„Großartige Idee. Sagen wir gegen zehn?"

„Prima. Dann sind die Frühstücksgäste durch, und ich habe so etwa eine Stunde Zeit, bevor ich mit den Vorbereitungen fürs Mittagessen beginnen muß."

„Gut. Es ist schön, wenn jemand sich dafür interessiert. Sag mal, wo kann ich eigentlich einkaufen? Ich brauche eine ganze Grundausstattung – Matratzen, Decken, Handtücher."

„Fahr doch zu der alten Wollmühle im Norden des Ortes. Sie haben schöne Sachen, vor allem die beste Bettwäsche weit und breit. Eine Matratze bekommst du in Portland."

*

Julia suchte als erstes den Eisenwarenladen auf, danach das Lebensmittelgeschäft. Die Läden waren so winzig; in San Francisco gab es nur wenige so kleine Geschäfte. Die Verkäufer waren erfreut über die Mengen, die sie einkaufte. „Sicher, wir werden Ihnen die Sachen rüberschicken", meinten sie bereitwillig.

Bevor sie zur Wollmühle fuhr, hielt Julia noch einmal bei Tara. Sie meldete sich telefonisch beim Elektrizitätswerk an und beantragte einen Telefonanschluß. Ein Vorteil des Kleinstadtlebens war, daß Dinge, die in der Stadt Wochen gedauert hätten, hier innerhalb von 24 Stunden erledigt wurden.

Tara sang in der Küche vor sich hin, und Julia bewunderte ihre schöne Mezzosopranstimme. Nur ungern unterbrach sie sie, doch sie mußte nach Hause. „Tara?"

Der Gesang brach ab, und ihre neue Freundin erschien in der Durchreiche. „Willst du los?"

„Ja. Ich muß langsam mal anfangen, das Haus in Ordnung zu bringen. Ach ja, da fällt mir ein: Ich brauche unbedingt Hilfe. Kennst du ein paar verläßliche Männer, die mir zur Hand gehen könnten? Und vor allem brauche ich einen geschickten Handwerker, der mir etwa ein Jahr lang ab und zu zur Verfügung steht."

„Im Augenblick wüßte ich niemanden aus dem Ort. Doch seit etwa einer Woche ist so ein Bursche hier, der nach Arbeit sucht. Ich werde mich umhören. Wir werden bestimmt jemanden finden."

„Danke, Tara. Bis später."

„Hey, warte! Vergiß das Abendessen bei mir morgen abend nicht. Sechs Uhr!"

„Ganz bestimmt denke ich daran. Vielen Dank für die Einladung."

„Wir freuen uns auf dich. Und mach dir nichts draus, wenn die Leute zuerst ein bißchen zurückhaltend sind. Es dauert eine Weile, bis man sich an die Art hier gewöhnt. Die meisten sind ganz harmlos."

Julia grinste Tara an. „Ich werde daran denken."

Sie beeilte sich, nach Hause zu kommen. Sie konnte es kaum erwarten, das Haus in hellem Tageslicht in Augenschein zu nehmen. Unterwegs hielt sie bei der alten Wollmühle, die Tara ihr empfohlen hatte. Im Innern des alten Warenhauses türmten sich die in Plastik verpackten Decken und Betttücher. Ein kleiner Ofen verbreitete wohlige Wärme. Überwältigt blieb Julia stehen. „Das ist ja unglaublich", sagte sie zu einer mütterlich wirkenden Verkäuferin.

„Hier gibt es die besten Decken im ganzen Osten", erwiderte diese stolz.

Mit Hilfe der Verkäuferin wählte Julia vier dicke Decken, zwei Paar Bettbezüge, zwei Badetücher und eine handgearbeitete cremefarbene Tagesdecke für das Bett aus. *Wenn ich die anderen Schlafzimmer ausstatte, komme ich wieder hierher*, dachte sie glücklich. Sie stellte sich vor, welche Farbkombinationen sie wählen würde.

*

Gegen drei Uhr machte Julia Feuer im Wohnzimmerkamin. Als das Feuer in Gang kam und die Zweige fröhlich knackten, lächelte sie zufrieden. Sie brachte einige Teppiche hinaus auf die Veranda, um sie sorgfältig auszuklopfen. Gerade hatte sie begonnen, die Teppiche mit einem alten Teppichklopfer zu bearbeiten, als sie ein Motorrad in der Auffahrt hörte. Der Motorradfahrer blieb stehen und stellte seine Maschine aus. Langsam stieg er ab und zog das Fahrzeug auf den Ständer. Er nahm seinen Helm ab und ging auf das Tor zu.

Es war der Mann von der Schnellstraße.

Julias Herz klopfte zum Zerspringen.

Der Mann warf einen Blick auf das rote Cabrio, das neben seinem Motorrad stand. Dann grinste er sie an. „So treffen wir uns also wieder", meinte er leise, aber selbstsicher.

Julia wischte sich die Hände an ihrer Jeans ab und kam die Stufen herunter. Drei Meter vor dem Tor blieb sie stehen.

„Wenn Sie einen Beinahe-Selbstmordversuch ein ‚Treffen' nennen ... Kann ich etwas für Sie tun?"

Der Mann starrte sie an. Sie war überwältigend, viel hübscher, als er sie in Erinnerung gehabt hatte. Erst jetzt bemerkte er ihre schlanke Figur, ihre honigfarbenen, goldenen Haare und ihre ausdrucksvollen Augen. *Ganz zu schweigen von den Lippen ...*

Julia wiederholte ihre Frage. Sein Blick machte sie verlegen. „Ich fragte, ob ich etwas für Sie tun kann."

Ihre Frage riß ihn aus seinen Gedanken. „Ich hoffe es. Mein Name ist Trevor Kenbridge. Ich bin auch neu hier in Oak Harbor. Und zum Glück für Sie bin ich zufällig ein ausgezeichneter Zimmermann, Klempner und Handwerker."

Sie starrte ihn verwirrt an.

„Tara schickt mich. Sie sagte, Sie bräuchten Hilfe bei der Instandsetzung dieses alten Hauses. Es ist wunderschön. In letzter Zeit habe ich viel von Leuchttürmen geträumt, ganz zu schweigen von einer äußerst attraktiven Cabrio-Fahrerin, der ich neulich auf der Straße begegnet bin. Es sieht so aus, als sei ich von höheren Mächten hierhergeführt worden."

Seine Direktheit und Selbstsicherheit irritierten Julia. „Ich brauche keine Hilfe", meinte sie vorsichtig.

Trevor nickte. „Dann haben Sie also aus Spaß an der Freude draußen geparkt?"

„Nun ... das Tor ist festgerostet", gestand sie ein.

Trevor ging zu seinem Motorrad und wühlte in einer Tasche herum. Grinsend kam er mit einem Brecheisen zurück. Julia starrte ihn überrascht an. „Ich habe immer eines bei mir, und auch einen Hammer. Sie glauben gar nicht, wie oft man so etwas braucht." Er steckte das Brecheisen zwischen Tor und Riegel, zog kräftig daran – und das Tor war offen. Quietschend und ächzend öffnete es sich, so daß nun nichts mehr zwischen Trevor und Julia stand.

Julias Herz klopfte zum Zerspringen. Er trat so selbstsicher auf, als gehöre ihm die ganze Welt. Während er lächelnd auf sie zukam, fühlte sie sich plötzlich schuldig. Sie dachte an Miles und daran, daß sie diesen Fremden nicht so offen bewundern sollte.

Entschlossen blickte sie in seine dunklen Augen. „Ich denke, ich werde mich nach einer anderen Hilfe umsehen. Ich brauche jemand, der verläßlich ist, und keinen Kamikaze-Fahrer, der anscheinend den Wunsch verspürt, sich auf der Straße umzubringen."

„Sind Sie sicher? Ich kann Schwierigkeiten erkennen und Lösungen finden. Sagen wir, bei unserer ersten Begegnung war ich etwas ... abgelenkt. Ich denke, ich bin genau der Richtige für Sie."

Julia legte sich verwirrt eine Hand an die Stirn und sah aufs Meer. „Ich glaube einfach nicht, daß wir uns vertragen würden. Ein Flirt auf der Straße ist kein günstiger Anfang für eine Geschäftsbeziehung. Ich glaube, es ist besser, wenn Sie wieder gehen."

„Bevor oder nachdem ich das Feuer gelöscht habe?"

„Welches Feuer?"

„Das in Ihrem Haus."

Julia drehte sich um und riß erschrocken den Mund auf. Eine dichte Rauchwolke stieg aus dem Wohnzimmerfenster auf. Sie rannte mit einem Aufschrei los und verschwand im Innern des Hauses.

Trevor folgte ihr, holte einen Kessel aus der Küche, füllte ihn mit Wasser und eilte ins Wohnzimmer. Das Feuer war zum Glück nur klein, doch Julia hatte ihre Last. Schnell drängte sich Trevor vor und löschte mit dem Wasser die Flammen.

Lächelnd wischte er eine Rußspur von Julias Wange. Sie wich zurück.

„Vielen Dank, Sie haben mir sehr geholfen. Doch wie ich schon sagte, ich denke, ich sehe mich lieber nach jemand anderem um."

„Und ich denke, Sie machen einen Fehler. Dies ist ein kleiner Ort, in dem Fischer und Mühlenarbeiter wohnen. Ich dagegen bin handwerklich sehr geschickt. Diese Aufgabe kommt mir sehr entgegen."

„Na, Sie haben jedenfalls ganz sicher keine Minderwertigkeitskomplexe."

„Nein. Aber ich glaube, Sie auch nicht. Darum bin ich auch so verwirrt. Warum sollte eine selbstbewußte, hübsche junge Frau *nicht* den richtigen Mann für diese Arbeit anheuern?" Er kam etwas näher, doch Julia hielt seinem Blick stand.

Schließlich wendete sie doch den Blick ab und deutete zur Tür. „Gehen Sie!"

Er zuckte mit den Achseln und kam ihrer Aufforderung nach. An der Tür blieb er stehen. „Die Kamine sind vermutlich durch Ruß oder Vogelnester verstopft. Ich habe auch schon Kamine gereinigt und repariert. Sie dürfen kein Feuer anmachen, bevor die Kamine nicht sorgfältig überprüft wurden."

„Raus."

„Es war nett, Sie kennenzulernen. Falls Sie doch noch vernünftig werden – ich bin noch eine Weile in der Gegend."

Kapitel Fünf

Am folgenden Abend nahm Julia nach einem harten Arbeitstag ein Bad und machte sich für das Abendessen bei Tara zurecht. Sie steckte sich das Haar hoch und zog saubere Jeans und einen blauen Rollkragenpullover an. Ein schwarzer Gürtel und passende schwarze Stiefel vervollständigten ihre Garderobe. Nach einem kurzen Blick in den Spiegel holte sie tief Luft und machte sich auf den Weg zu ihren neuen Nachbarn.

Taras Fenster waren hell erleuchtet und hießen die Gäste willkommen, die vor ihrem Haus vorfuhren. Sie hatte über zwanzig Leute eingeladen und servierte gerade die Hors d'oeuvres, als Julia klingelte.

„Komm herein und fühl dich wie zu Hause! Du wirst dich selbst vorstellen müssen, oder komm mit, dann gebe ich dir ein Tablett, das du herumreichen kannst. Dann ist der Einstieg leichter."

Julia folgte Tara in die Küche und lächelte die Gäste scheu an. Taras Haus war im typischen Neu-England-Stil gebaut – viele Fenster, klare Linien, weißes Holz und helle, hohe Räume. „Es ist kurz nach eurem Haus gebaut worden", erklärte Tara, die bemerkt hatte, wie Julia sich umsah.

„Es ist sehr gemütlich."

„Ja, mir gefällt es auch. Hier. Reich das herum und begrüß die Leute!"

Julia nahm das Tablett mit Obst, Käse und Kräckern und tat, was ihr Tara gesagt hatte. Sie begann im Wohnzimmer, wo sie einen Mann und einen Jungen entdeckte, die ihr bekannt vorkamen. Ganz offensichtlich waren es Vater und Sohn, denn beide hatten blonde, von der Sonne gebleichte Haare und funkelnde blaue Augen. Auch die stämmige Figur des Vaters deutete sich bei dem Jungen bereits an.

„Julia Rierdon", sagte der Mann lächelnd. „Wir haben bereits von Ihnen gehört. Ich bin Ben DeBois, und dies ist mein Sohn Mike."

Mike drehte sich um, als er seinen Namen hörte. Bei Julias Anblick errötete er. Seine Verlegenheit war ihr unverständlich, doch sie beschloß, sie einfach zu ignorieren. „Ich freue mich, Sie beide kennenzulernen. In einem so kleinen Ort spricht sich die Ankunft eines Neulings wohl schnell herum."

„Da haben Sie recht. Sie und Kenbridge dort drüben sind

das einzig Interessante, das in Oak Harbor in diesem Jahr geschehen ist."

Bei der Erwähnung dieses Namens erstarrte sie. Sie drehte sich langsam um und blickte zur anderen Seite des Zimmers. Trevor hob sein Glas und lächelte sie an. Ohne ihm auch nur zuzunicken drehte sie sich wieder um.

„Und was machen Sie hier, Ben?"

„Ich bin Fischer." Er war so nett, daß Julia sich sofort entspannte.

„Aha. Darüber müssen wir uns noch einmal ausführlicher unterhalten. Ich bin auf der Suche nach einem Handwerker für mein Haus. Kennen Sie zufällig jemanden?"

„Nur Kenbridge. Er scheint mir genau der Richtige für Sie zu sein. Ist er schon bei Ihnen gewesen?"

„Ja, aber ich möchte lieber jemand anderen haben."

Er nickte, doch sein Gesichtsausdruck verriet seine Verwirrung.

Julia wechselte das Thema. „Woher kennen Sie Tara?"

„Wir sind schon seit unserer Kindheit befreundet. Sie war die beste Freundin meiner Frau."

„Und jetzt deine", warf Mike ein.

„Nein. Du bist mein bester Freund", sagte Ben und legte seinem Sohn den Arm um die Schulter.

„Dad", Mike entwand sich seinem Vater. „Ich glaube, ich gehe mal zu Jessica rüber." Ohne auf eine Antwort zu warten, trabte er davon.

„Die Jugend", meinte Ben lächelnd. „Er vermißt seine Mutter immer noch."

„Oh. Sind Sie geschieden?" fragte sie vorsichtig.

„Nein. Sharon starb vor zehn Jahren bei einem Segelunfall. Ganz sicher könnte ich ihre Hilfe beim Umgang mit einem Teenager brauchen."

„Das glaube ich. Die können einem ganz schön zu schaffen machen."

„Kommen Sie, ich stelle Sie einigen Ihrer neuen Nachbarn vor."

★

Auf der anderen Seite des Raumes ließ Trevor Julia nicht aus den Augen. Sehr gewandt bewegte sie sich in der Menge der Fremden, stellte sich vor und sprach immer wieder mit Ben. Trevor mußte ein Gefühl der Eifersucht unterdrücken. Ben war einfach nur nett zu ihr.

Die räumliche Entfernung gestattete es ihm, Julia zu beobachten, bis ein älterer Mann neben ihm ihn aus seinen Gedanken riß.

„Eine Schönheit, nicht wahr?"

Trevor folgte seinem Blick. „Ja, das ist sie."

„Und trotzdem. Sie ist nicht aus der Gegend, also kann sie nicht viel taugen. Ihre Leute haben das Haus gebaut, doch sie sind seit Jahren nicht mehr hiergewesen. Wir sind nicht begeistert von Leuten, die sich hier festsetzen wollen."

„Warum nicht?"

„Nun, Sohn, ich mag es hier genau so, wie es ist. Jemand sollte die Brücke dort unten in Kitteredge in die Luft sprengen, damit die Touristen diese Gegend nicht vergiften – Anwesende natürlich ausgenommen."

„Natürlich", erwiderte Trevor lächelnd.

Ein anderer älterer Mann rührte sich. „Die Sommergäste sollen draußen bleiben, sage ich." Dann ließ er sich wieder in die Couch sinken. Er hatte seine Meinung gesagt.

Trevor gefiel die Art der Leute hier, keine großen Worte zu machen. Er mochte auch ihre drollige Ausdrucksweise und ihre Geradlinigkeit. Doch wenn sich die Unterhaltung um sie selbst drehte, waren sie sehr zurückhaltend.

„Sie sind pensioniert?"

„Ja."

„Wie verbringen Sie Ihre Zeit?"

„Arbeite ein wenig an dem Boot meines Sohnes."

„Wie groß ist es?"

„Vierzehn Meter."

„Wo liegt es?"

„Auf dem Meeresgrund. Wintersturm."

„Werden Sie es wieder flottbekommen?"

„Nicht da, wo es im Augenblick ist."

„Werden Sie es heben?"

„Ja."

Trevor verlor langsam das Interesse an der Unterhaltung und richtete seinen Blick wieder auf Julia.

„Das genaue Ebenbild von Anna", meinte der alte Mann.

„Anna?"

„Anna Donnovan, ihre Ururgroßmutter. Oben in der Bibliothek hängt ein Porträt von ihr."

„Oh, das muß ich sehen."

„*Sie* ist viel interessanter."

„Das stimmt."

Kapitel Sechs

Nach einer Woche hatte sich außer einem Trunkenbold und einem finster aussehenden Mann, dem Julia sofort mißtraute, noch niemand gemeldet. Während sie die Holzfußböden schrubbte, um zu sehen, in welchem Zustand sie waren, mußte sie unter der Staubschicht wieder an Trevor Kenbridge denken.

So sehr sie sich dagegen sträubte, sie mußte zugeben, daß

er vielleicht wirklich der beste Mann für diese Aufgabe war – vielleicht der einzige Mann, der die Arbeit bewältigen konnte. In der vergangenen Woche hatte sie häufig an ihn denken müssen. Julia setzte sich auf ihre Fersen und wischte sich über die Stirn. Sie brauchte Trevor, und vielleicht würde er bald wieder fortgehen. Trotz ihrer Erbschaft mußte sie das Haus bald in Schuß bringen, damit Geld hereinkam. In den kommenden neun Monaten würde sie eine Menge Geld in das Haus stecken müssen.

Julia faßte einen Entschluß. Sie badete in der alten, freistehenden Badewanne, zog sich Jeans und einen roten Rollkragenpullover an und fuhr in die Stadt. Vor Taras Gasthaus entdeckte sie Trevors Motorrad. Ihren Wagen parkte sie daneben.

Trevor gestattete sich, seinen Blick einen Augenblick auf ihr ruhen zu lassen, dann wendete er sich bewußt wieder seinem späten Frühstück zu. Julia setzte sich an den Tresen und begrüßte Tara herzlich.

„Hallo Julia", erwiderte Tara und goß ihr eine Tasse Kaffee ein. Etwas lauter fragte sie: „Hast du denn deinen Handwerker mittlerweile gefunden?"

Julia starrte Tara bedeutungsvoll an.

„Äh, ich glaube, ich mache mich dann mal an die Vorbereitungen fürs Abendessen. Ich erwarte heute abend einen ziemlichen Ansturm." Tara verschwand laut vor sich hinsummend in der Küche.

„Ich glaube, Sie werden jedesmal attraktiver, wenn ich Sie sehe", meinte Trevor und blickte sie über seine Kaffeetasse hinweg an.

„Vielleicht sollte ich Ihnen sagen, daß ich einen Freund habe. Und ich denke, Sie wissen bereits, daß ich immer noch Hilfe in dem Haus brauche." Julia sprach so laut, daß Tara sie in der Küche verstehen konnte. „Mr. Kenbridge, ich bin in einer Zwangslage. Mein gesunder Menschenverstand warnt mich davor, Sie zu engagieren, doch ich brauche Hilfe, und zwar sofort. Alle Leitungen im Haus und alle Installationen müssen erneuert werden. Ich möchte es von Grund auf renovieren und das „Haus Leuchtfeuer“ daraus machen. Und ich möchte das alles in weniger als einem Jahr schaffen, wenn möglich bis zu diesem Herbst. Habe ich Sie schon abgeschreckt?“

„Nein.“

„Können Sie elektrische Leitungen verlegen?“

„Ja.“

„Sie sagten, Sie seien auch Klempner.“

„Ja.“

„Schreiner?“

„Ja.“

„Haben Sie Referenzen?“

„Ja.“

Sie schwieg eine Weile. „Ich brauche jemanden, dem ich vertrauen kann. Keine Spielchen mehr. Ich muß mich auf den Mann, den ich engagiere, absolut verlassen können.“

Er starrte sie eine Zeitlang an. Sie hielt seinem Blick stand.

„Sie können auf mich zählen, Julia. Keine Spielchen. Wir werden das alte Haus zusammen tiptop in Ordnung bringen.“

„Sie können ihre Sachen mitbringen und im Turmhäuschen übernachten.“

Tara warf einen Blick durch die Durchreiche und beobachtete erfreut, wie die beiden zusammen das Restaurant verließen. Sie waren so sehr in ihre Unterhaltung vertieft, daß sie sich nicht einmal von ihr verabschiedeten.

*

Am folgenden Samstagabend lud Tara Julia erneut zum Abendessen ein.

Die beiden aßen an ihrem Küchentisch und plauderten über Trevor, Ben und das Leben in Oak Harbor. Julia schwärmte von Taras Essen.

„Im Ernst, Tara. Du solltest ein Kochbuch schreiben. Du könntest es ‚TARAS LECKERE KÜCHE' nennen. Das klingt gut. Und die Rezepte ... Leute aus ganz Amerika würden für deine gebackenen Bohnen sterben."

Tara winkte ab. „Was denkst du denn! Ich kann doch kein ganzes Kochbuch schreiben."

„Du führst doch ein Restaurant! Natürlich kannst du das. Erzähle mir nicht, du hättest nicht genügend Rezepte."

„Oh doch, ich habe genug."

„Dann ist es abgemacht! Mein Vater hat einige Freunde in New York, die Verleger sind. Ein paar Telefonanrufe, und du wirst die Gelegenheit bekommen, deine Ideen loszuwerden. Schick ihnen ein Faß deiner Bohnen, und du wirst sie in wenigen Sekunden für dich gewonnen haben."

„In wenigen Sekunden, ja?"

„In wenigen Sekunden."

„Naja, vielleicht", meinte Tara nachdenklich. Für eine Frau, die in Oak Harbor geboren und aufgewachsen war, schien diese Idee beängstigend kühn zu sein.

„Paß auf: Stell einfach erstmal deine 100 besten Rezepte zusammen!" Julia blickte sich in Taras Küche um. Sie war kunstvoll bemalt, und sie mußte an die hervorragende Ausstattung des Restaurants denken. „Hast du das alles hier gemacht?"

„Ja."

„Ich habe eine großartige Idee! Du hast ganz offensichtlich eine künstlerische Neigung. Füge den Rezepten doch einige Skizzen an. Verleger mögen so etwas."

„Das könnte Spaß machen. Ich werde darüber nachdenken."

„Du mußt nur schon überlegen, wem du das Kochbuch

widmest, wenn es veröffentlicht ist und du reich und berühmt wirst."

„Man stelle sich das vor! Bohnen werden mich reich und berühmt machen."

Die beiden lachten zusammen wie alte Freundinnen.

*

Trevors und Julias ersten Tage zusammen im Haus waren gelinde gesagt schwierig. Dieser Mann machte Julia irgendwie unruhig. Sie fragte sich, ob sie nicht doch vielleicht einen Fehler begangen hatte, als sie ihn engagierte. Julia saß gerade über einige Zeichnungen gebeugt, als er ins Eßzimmer kam, um ihr eine Frage zu stellen. Ihr Anblick ließ ihn innehalten.

Julia war so in diese Zeichnungen vertieft, daß sie ihn gar nicht hatte eintreten hören. Ihr Haar fiel ihr über die Schulter, und sie strich sich eine Strähne zurück, die ihr in die Stirn gefallen war. In dem weichen Nachmittagslicht erschien sie ihm wie ein Engel – so ruhig, so hell.

Lieber Herr, betete er stumm. *Gib mir die Kraft, mich in der Nähe dieser Frau zu beherrschen. Hilf mir, auf deine Zeit zu warten.*

„Wie lange stehen Sie schon da?" Sie hatte die Hände auf die Hüften gestemmt und war wütend, daß er sie heimlich beobachtete.

„Ich ... es tut mir leid. Ich habe nur -"

„Ich mag es gar nicht, wenn mir jemand immer über die Schulter guckt, Mr. Kenbridge."

„Nennen Sie mich Trevor."

„Brauchen Sie etwas?" Julia zwang sich dazu, wütend zu klingen. Er sollte denken, daß sie ärgerlich war und nicht geschmeichelt.

Er faßte sich wieder. „Sehen Sie, Julia -"

„Es wäre mir lieber, wenn Sie mich Miss Rierdon nennen würden."

Er schnaubte wütend. „Sehen Sie, ich bin nur gekommen, um Sie wegen des Häuschens zu fragen. Ich denke, es wäre sehr viel netter, wenn ich die Wand zwischen den beiden Räumen herausnehmen würde."

„In Ordnung. Tun Sie, was Ihnen gefällt. Doch seien Sie morgen bereit, am Haupthaus anzufangen. Die Arbeit im Häuschen muß hinter der am Haupthaus zurückstehen." Sie konzentrierte sich bereits wieder auf ihre Zeichnungen und gab vor, ihn bereits vergessen zu haben.

„Wie Sie wünschen, *Miss* Rierdon." Sein Tonfall triefte vor Sarkasmus. Er drehte sich um und ging hinaus.

Julia ließ sich auf den Stuhl sinken. Das würde ein schwieriges Jahr werden.

Kapitel Sieben

Während der folgenden Tage ging alles gut. Stunden wurden damit zugebracht, das Haus zu inspizieren: das Fundament, die elektrischen Leitungen, die Installationen, das Dach. Die Liste mit Material wurde immer länger, und entsprechend umfangreich wurde auch ihre Liste mit den zu verrichtenden Arbeiten.

Eine Woche nach Trevors Ankunft fuhr Julia mit dem Architekten nach Portland, um die Umbaupläne genehmigen zu lassen. Im Gegensatz zu der unendlich langsamen Bürokratie der großen Städte an der Westküste würde sie schon innerhalb weniger Tage mit der Genehmigung rechnen können. Trotzdem nahmen ihre Gespräche den ganzen Nachmittag in Anspruch.

Als Julia nach Hause zurückkam, mußte sie daran denken, wie das Haus wohl in einem Jahr aussehen würde. Dieser Gedanke belebte sie. Sie fragte sich, was Trevor wohl in ihrer Abwesenheit zustande gebracht hatte, und ihr Herzschlag beschleunigte sich bei der Vorstellung, daß er aus der Tür treten würde, um sie zu begrüßen.

Trevor, der das rote Cabriolet in den Hof fahren sah, blieb am Küchenfenster stehen und beobachtete, wie Julia den Wagen parkte und heraussprang. Sein Herzschlag setzte aus, dann mit doppelter Geschwindigkeit wieder ein. *Was hat sie nur an sich?* Es irritierte ihn, daß diese Frau ihn so in ihren Bann ziehen konnte. *Ich brauche doch meine Freiheit. Warum nur verspüre ich gar nicht mehr den Wunsch weiterzuziehen?*

Als ihm klarwurde, daß er dort am Fenster gesehen werden konnte, zwang er sich, zu seiner Arbeit zurückzugehen. Er beeilte sich, den elektrischen Herd und die Drähte herauszuziehen, damit die Gasleitungen verlegt werden konnten.

Die Tür fiel ins Schloß, und Julia kam in die Küche, um die Lebensmittel abzustellen, die sie besorgt hatte. „Oh, hallo“, sagte sie.

„Hallo“, erwiderte er, blickte sie aber nicht an.

„Wie geht's voran?“

„Gut.“

„Ich dachte, Sie wären bereits fertig damit.“

Er stand auf und wischte sich den Schweiß von der Stirn. „Ja, wissen Sie, ich dachte, ich könnte mir den Nachmittag freinehmen, während der Chef fort ist. Ich habe draußen in der Hängematte gelegen und gedöst.“

„Sie brauchen nicht so sarkastisch zu sein, *Mr.* Kenbridge.“

„Und Sie brauchen mich nicht zu kontrollieren, *Miss* Rierdon.“

Sie räumte schweigend die Lebensmittel fort und kämpfte gegen die Wut über seine Unverschämtheit an.

Als sie den Raum verlassen wollte, fing er sie an der Tür ab.

„Sehen Sie, Julia, ich mußte den Keller ausräumen, damit die Jungs morgen an den Leitungen arbeiten können. Dafür habe ich den ganzen Morgen und einen Teil des Nachmittags gebraucht. Das Zeug steht jetzt im Schuppen – Sie müssen es noch durchsehen und entscheiden, was Sie behalten wollen."

Sie senkte den Blick. Dann sah sie ihm in die Augen. „Es tut mir leid. Ich wollte Sie nicht schikanieren."

„Sie können mir vertrauen. Geben Sie mir ein wenig Freiraum. Ich habe es Ihnen doch gesagt, Sie werden es nicht bereuen."

„Was haben Sie im Keller gefunden?"

„Das meiste scheint mir Gerümpel zu sein. Aber gehen Sie hinunter und überprüfen Sie den Weinkeller. Ich habe ihn hinter zwei alten Sofas entdeckt."

„Einen Weinkeller? Daran kann ich mich gar nicht erinnern."

„Vielleicht haben Ihre Großeltern ihn schamhaft versteckt, bevor Sie geboren wurden."

Julia ging zur Kellertür und öffnete sie. Es roch schrecklich modrig. Sie zog an der an einer Glühbirne befestigten Kette, und sofort ging das Licht an. Ihre kindische Furcht vor dunklen Kellern verdrängend, stieg sie hinab. Der Keller war ein Labyrinth von Kellerräumen mit halbhohen Mauern.

„Buh!"

Julia fuhr zusammen. Als ihr klarwurde, daß das nur Trevor gewesen sein konnte, drehte sie sich um und boxte ihn so fest sie konnte gegen den Arm.

„Au! Warum tun Sie das?"

„Sie haben mich erschreckt."

„Das war doch nur Spaß. Seien Sie nicht böse."

„Ich dachte, Sie hätten zu tun."

„Ich wollte Ihnen nur was zeigen." Er rieb sich den Arm und sah sie finster an. „Kommen Sie."

Sie folgte ihm nach links und betrachtete die roh gezimmerten Holzbalken, auf denen der Boden des Erdgeschosses ruhte. Hier und da standen einige Regale mit leeren Gläsern, Farbtöpfen, Bürsten und verschiedenen Werkzeugen. Rechts vom Weinkeller befand sich eine Ansammlung von Weinkrügen, Kannen und Flaschen, die alle mit einer klaren Flüssigkeit gefüllt waren.

„Was ist da wohl drin?"

Trevor lächelte. „Dachte mir schon, daß Sie das interessiert. Ich habe vermutet, daß Ihr Großvater vielleicht unter die Schmuggler gegangen ist, doch das paßte nicht zu dem, was ich von seinem Lebensstil wußte. Ernie, einer der Klempner, meinte, ich sollte eine öffnen und überprüfen."

„Was ist es?"

„Wasser. Er sagte, damals in den vierziger Jahren hätte es eine schlimme Trockenheit gegeben. Offensichtlich hoben Ihre Verwandten das Wasser für schlechte Zeiten auf."

Obwohl Julia immer noch ärgerlich war, daß er sie so erschreckt hatte, mußte sie lächeln. „Und wie das manchmal so ist, sind sie nie wieder in den Keller gestiegen, um das Wasser auszuschütten."

„Genau. Hier entlang, meine Dame, zum Weinkeller." Drei Meter weiter links befand sich der Weinkeller. Ihn schmückte ein riesiger handgeschnitzter, mit Weinblättern und Trauben verzierter Holzbalken. „Sehen Sie selbst: natürliche Kühlung, genau wie es sein sollte." Er öffnete die Tür. Julia spähte hinein.

„Hier ist es ja richtig kalt!" Zehn Stufen führten in den kleinen Raum hinein. Die Wände bestanden aus nacktem Felsen. „Der Raum faßt bestimmt mehr als zweihundert Flaschen."

Trevor sprang die letzten drei Stufen hinunter und landete neben ihr. „Vermutlich ist er seit der Prohibition leer."

„Vermutlich. Doch ich wette, daß er voll war, als Shane Donnovan hier noch Hausherr war. Großmutter erzählte, er habe gemütliche Abende im Kreise seiner Familie und große Feste geliebt."

„Den Mann hätte ich gern einmal kennengelernt", meinte Trevor, als sie die Stufen wieder hochstiegen.

Er schloß die Tür zum Weinkeller hinter sich. „Sie sollten sich noch etwas anderes ansehen. Hier drüben." Er deutete auf einen Holzbalken in der Ecke und beleuchtete ihn mit der Taschenlampe.

Julia trat näher, um zu sehen, was Trevor ihr zeigen wollte. Trevor war dicht hinter ihr. „Was meinen Sie?" Seine Nähe und ihre Reaktion darauf irritierte sie, und sie spürte, wie sie errötete.

„Kein Termitenschaden."

„Kein Termitenschaden?"

„Nein, nicht der geringste." Er blieb ruhig hinter Julia stehen und genoß ihre Nähe.

Sie drehte sich um. Als Trevor sich nicht rührte, fuhr sie ihn an. „War das alles, was Sie mir zeigen wollten?"

Er zuckte unschuldig mit den Achseln. „Ich dachte, das würde Sie freuen."

„Das tut es auch. Aber ... ach, vergessen Sie's!" Sie fuchtelte mit ihrem Finger vor seinem Gesicht herum. „Es gibt Grenzen. Denken Sie daran. Ich bin Ihre Chefin und Sie mein Angestellter. *Das ist alles.*"

Wie könnte ich das vergessen? Er beobachtete, wie seine attraktive Chefin die Kellertreppe hochstieg und folgte ihr schweigend.

Kapitel Acht

Lauter, kreischender Lärm erfüllte das Haus.

„Was ist denn das?“ fragte Tara.

Julia und ihre Besucherin saßen am Küchentisch und tranken Tee aus zarten Porzellantassen. „Schrecklich, nicht? Das sind die Heizungsrohre. Gußeisen. Sie müssen ausgetauscht werden. Leider ist das eine sehr schmutzige und schwere Arbeit. Die Männer holen die Rohre in Stücken heraus, mit Schraubenschlüsseln, einem Hammer, Meißeln – womit es geht. Du solltest dir mal ihre Hände ansehen. Ich weiß nicht, wie sie die jemals wieder sauber bekommen wollen.“

„Wie macht sich Trevor?“

„Ich muß gestehen, er ist ein Segen. Ohne ihn würde es mir schlecht ergehen.“ Sie zog die Nase kraus. „Doch irgendwie ist es seltsam. Wir scheinen uns andauernd in die Haare zu bekommen. Ich sage etwas, er sagt das Gegenteil. Ich tue etwas, er tut das Gegenteil. Wir haben ständig Streit.“

„Könnte es sein, daß der Grund dafür sein unverschämt gutes Aussehen ist?“

Julia blickte Tara erstaunt an. „Wovon sprichst du? Es gibt bereits einen Mann in meinem Leben, und der reicht mir vollkommen, vielen Dank.“

„War ja nur so ein Gedanke.“

In diesem Augenblick tauchte Trevor mit einem großen Stück Eisenrohr in der Kellertür auf; seine Arm- und Brustmuskeln traten unter der Last hervor. Der Schweiß rann ihm das Gesicht hinunter, und sein T-Shirt war durch und durch naß. Und doch ging er mit einem strahlenden Lächeln an ihnen vorüber. Die drei Klempner folgten ihm mit kleineren Stücken.

„Nur so ein Gedanke“, wiederholte Tara. „Und jetzt erzähle mir ein wenig mehr über dich.“

„Nun, meine Familie ist ziemlich reich. Erst mit dreißig durfte ich meine Erbschaft antreten. Meine Großmutter wollte nicht, daß mich jemand des Geldes wegen heiratet, bevor ich alt genug bin, um die Männer richtig einschätzen zu können ... nicht, daß ich je in der Gefahr gestanden hätte ...“ Sie brach ab und blickte sich um. „Mein ganzes Leben lang habe ich davon geträumt, hierher zurückzukommen. Irgendwie fühle ich mich hier mehr zu Hause als in dem Haus, in dem ich aufgewachsen bin.

Ich versuchte, meinen Eltern einen Gefallen zu tun, und ergriff einen ordentlichen Beruf. Ich war auch recht erfolgreich als Wirtschaftsprüferin, doch das war eigentlich nicht ich. Es war immer so, als würde Gott mich nach Hause rufen.“ Sie grinste. „Ich meine hierher, nicht in den Himmel. Und er ließ mir keine Ruhe, bis ich endlich auf ihn gehört habe.“

„Dann glaubst du also an Gott.“

„Seit etwa einem Jahr. Mein Bruder Jake arbeitet als Vormann auf einer Ranch in Montana. Nach seiner Hochzeit war ich noch zwei Wochen bei den Tanners, den Besitzern der Ranch. Sie haben einen unglaublichen Einfluß auf mich ausgeübt. Auf einmal erkannte ich, wie leer mein Leben war. Sie halfen mir, die Bedeutung des Lebens Jesu zu erkennen, und was der für mich persönlich sein könnte.

Das ist auch ein Grund, warum ich hergekommen bin. Ich brauchte ein wenig Zeit für mich ... um zu wachsen, dazuzulernen. Es tut gut, selbständig zu sein. Fort von der Familie und meinem Freund – zumindest für eine Zeitlang – und von meinem alten Leben. Ich bin jetzt dreißig Jahre alt! Es war höchste Zeit, daß ich mir über meine Beziehung zu Gott klarwurde ... und ihn an mich ranließ. Ein weiter Weg liegt noch vor mir ...“

Tara ergriff ihre Hand. „Mir geht es ähnlich, und ich hoffe, wir können zusammen lernen. Hättest du Lust, mal in die Kirche mitzukommen? Ich denke, es würde dir Spaß machen, unseren Pastor und die Gemeinde kennenzulernen."

„Sehr gern. Seit meiner Ankunft hier bin ich so beschäftigt gewesen, daß ich kaum Zeit gehabt habe, auch nur daran zu denken."

„Na, dann werde ich so oft nachfragen, bis du endlich mitkommst." Tara streckte sich und warf einen Blick auf die Uhr. „Ich denke, ich gehe jetzt besser zum Restaurant zurück. Eines noch: Vielleicht würde es Gott gefallen, wenn du ein wenig freundlicher zu Trevor wärst. Der Mann ist übrigens auch Christ."

Diese Neuigkeit verblüffte Julia dermaßen, daß sie nicht wußte, was sie sagen sollte.

*

Die Arbeiter brauchten drei Tage für den Ausbau der alten Heizung und der Heizungsrohre. Danach machten sie sich an die Badezimmerinstallationen und die elektrischen Leitungen. Eines Abends traf Julia Trevor noch spät in der Küche an. Er war mit dem Abstützen der Decke beschäftigt.

„Ist es nicht langsam an der Zeit aufzuhören?"

Trevor blickte von seiner Leiter herunter, runzelte die Stirn und drehte den Kopf hin und her, um seinen verkrampften Nacken zu entspannen. „Ja, vielleicht – jetzt, wo Sie es erwähnen ..."

„Ich erwarte schließlich nicht, daß Sie sich zu Tode schuften."

„Ich möchte die Küche, das Schlafzimmer und die Hauptsysteme schnell in Ordnung bringen. Dann werde ich etwas langsamer treten. Ich möchte nur die grobe Arbeit schnell hinter mich bringen, damit ich mich den Feinheiten zuwenden kann."

„Anstreichen, tapezieren und so?"

„Ja." Er stieg von der Leiter herunter und streckte seine Hände aus. „Immer noch schwarz. Ich hoffe, daß sie eines Tages ihre natürliche Farbe zurückbekommen."

Sie lächelte. „Haben Sie schon zu Abend gegessen?"

„Hab' noch nicht daran gedacht, bis Sie hereingekommen sind."

„Wie wär's mit etwas Muschelsuppe?"

„Das wäre großartig."

Während Julia die Suppe aufwärmte und etwas Brot toastete, versuchte Trevor ohne großen Erfolg, sich die Hände zu waschen. Sie setzten sich zusammen an den Tisch. Beide bemühten sich darum, sich betont natürlich zu geben. Es war das erste Mal, daß sie sich bewußt zusammengesetzt hatten. Glücklicherweise waren beide ausgehungert, und das Essen bot ihnen eine willkommene Abwechslung.

„Es schmeckt hervorragend", meinte Trevor.

„Danke. Das Rezept habe ich von Tara."

„Dachte ich mir. Diese Frau ist die beste Köchin, die ich kenne."

Julia mußte gegen ein lächerliches Gefühl von Eifersucht ankämpfen. Sie stand auf. „Ich räume jetzt besser ab ... Wenn die Küche fertig ist, werde ich mein berühmtes Hähnchen machen, ganz egal, was es unseren Arterien antut." Julias Forschheit versetzte sogar sie selbst in Erstaunen.

Er erhob sich gleichfalls. „Oder Sie kommen hinüber zu mir, und ich koche Ihnen ein Abendessen."

„Das werde ich nicht. Das Haus hier ist neutrale Zone. Zu Ihnen hinüberzugehen ... ist etwas anderes. Und wir haben ja eine rein geschäftliche Beziehung, wissen Sie noch?"

Er streifte sie leicht, als er die Eßecke verließ. „Natürlich." Etwas in seinem Verhalten beunruhigte sie.

„Sehen Sie, vielleicht war das keine so gute Idee -"

„Keine gute Idee? Nein, ich glaube, daß Sie zum ersten Mal Ihrem Herzen gefolgt sind. Und wenn Sie wirklich einmal in sich hineinhorchen würden, würden Sie vielleicht feststellen, daß Sie sich zu dem Mann, den Sie eingestellt haben, hingezogen fühlen."

„Sie sind doch der arroganteste ..."

„Gute Nacht, Julia." Er verließ die Küche und ging schnell zur Eingangstür.

„Ich habe Ihnen noch etwas zu sagen ..."

„Ich denke, wir gehen jetzt besser beide zu Bett. Morgen haben wir einen langen Tag vor uns." Er schloß die Tür, bevor Julia noch etwas sagen konnte.

Kapitel Neun

„Hallo, Sally", sagte Ben, als er sich an die Theke im Restaurant setzte. Die schlanke, blonde Frau goß ihm ohne zu fragen eine Tasse Kaffee ein. „Ist Tara nicht da?"

„Sie hat sich einen Tag freigenommen, um an ihrem Kochbuch zu arbeiten. In den kommenden Monaten werde ich sie donnerstags vertreten, damit sie sich auf ihre Arbeit konzentrieren kann."

Ben nickte und hob scheinbar unbeteiligt seine Kaffeetasse an die Lippen. Er plauderte mit einigen Dorfbewohnern, die neben ihm saßen, dann legte er einen Dollar auf die Theke und verließ das Lokal. Draußen überlegte er, ob er nach Hause gehen oder Tara besuchen sollte.

Er beschloß, nach Hause zu gehen. *Es hat keinen Sinn, sich falsche Hoffnungen zu machen.* Bis zu den Docks war es nicht weit. Direkt vor ihm stand eine Gruppe von kleinen Häuschen mit Blick auf das Meer. Hier war er groß geworden. Nach Sharons Tod hatte er das Haus auf dem Hügel aufgegeben und war mit Mike wieder in sein Elternhaus gezogen. Es war nicht groß, doch es vermittelte ihm ein Gefühl der Sicherheit wie nichts anderes seit Sharons Tod.

Mike saß draußen auf einem Stapel Kisten und zimmerte zusammen mit Henry Abrahams aus Holzlatten Hummerkisten. Der Junge liebte es, die Geschichten der alten Fischer zu hören, und hockte stundenlang bei ihnen, um ihnen beim Kistenbauen zu helfen oder die Bojen in den Farben der DeBois zu bemalen: Rot, Gelb und Purpur. Jedes Fischerboot hatte seine eigenen Bojen für die Netze.

„Hi, Ben", Henry nickte ihm zu.

„Hallo, Dad."

„Hallo, Mike. Hast du deine Hausaufgaben gemacht?"

„Noch nicht."

„Dann machst du dich jetzt besser dran."

„Aber ..."

„Du gehst jetzt an deine Hausaufgaben."

Mike stampfte mit dem Fuß auf. Unbeirrt fuhren die Fischer in ihrer Unterhaltung über das Wetter fort.

„Wenigstens war es nicht so schlecht wie im vergangenen Winter", sagte Henry.

„Ja. Das war wirklich schrecklich. Kein Wetter zum Fangen. Mußte praktisch wieder bei Null anfangen."

„Bei den Preisen kann man es sich nicht leisten, nichts zu fangen."

„Bei den Preisen kann ich es mir nicht leisten, Hummer zu essen. Ich muß Steak essen."

„Die Preise fallen nicht sehr ins Gewicht, wenn man nur die Hälfte von dem fängt, was wir früher gefangen haben", warf Ben ein.

„Auf dem Meeresgrund wimmelt es von Hummern", meinte Henry. „Vielleicht konzentrieren wir uns lieber darauf."

„Das halte ich nicht für gut", bemerkte Ben. „Wir fangen zu viel, weil wir alle unsere Familie ernähren müssen. Doch viele von ihnen sind die erste Generation. Wir lassen nur etwa zehn Prozent übrig, die sich vermehren können. Wir fahren immer weiter hinaus und fangen immer noch mehr. Wie lange wird das gutgehen?"

„Hummer wird es immer geben", brummte Fred Nearing.

„Fred, du hast mir selbst erzählt, daß du früher bei Ebbe Hummer am Strand gefangen hast. Wann hast du zum letzten Mal einen Hummer am Strand gesehen? Wann hast du das letzte Mal in einer Tiefe von weniger als dreihundert Metern etwas gefangen?"

Ben blickte in die Runde ehrlicher, aufrichtiger Männer, die ihr Leben lang schwere, rückenbrecherische Arbeit verrichtet hatten. Die Männer schwiegen. Sie hatten schwerem Seegang und heftigen Stürmen widerstanden und ihr Leben damit zugebracht, den roten *Homarus americanus* zu fangen.

Auch ich habe mein Leben damit zugebracht. Und wofür?

Niedergeschlagen folgte Ben Mike ins Haus.

Die Fischer setzten ihr Gespräch fort. Sie unterhielten sich über die Bergung von Dannys Boot, das in der vergangenen Saison gesunken war.

*

Tara beobachtete, wie das Meer langsam dunkelgrau wurde. Von ihrem Küchenfenster aus konnte sie fast bis zur Fischersiedlung hinübersehen, in der die DeBois lebten, und wieder fragte sie sich, ob Ben wohl ins Restaurant gekommen war und sie gesucht hatte.

Sie versuchte, sich auf ihre Arbeit zu konzentrieren. *Geschieht ihm recht, daß ich ihm einmal nicht zur Verfügung stehe.* Sie überlegte, ob sie Sally anrufen sollte, um sie zu fragen, verwarf diesen Gedanken jedoch wieder. *Es braucht ja keiner zu erfahren, daß mich das interessiert.*

*

Zwei Wochen später kam Miles Beckley, und Trevor fand ihn sofort unsympathisch.

Dieses Gefühl beruhte auf Gegenseitigkeit.

Trevor stand gerade auf einer Leiter und befestigte die Fensterläden, als ein weißer Ferrari vorfuhr. Trevor steckte seinen Hammer in seinen Werkzeuggürtel und beobachtete, wie ein sonnengebräunter, gutaussehender junger Mann aus dem Wagen sprang und Julia in die Arme nahm. Trevor mußte gegen einen Anfall von heftiger Eifersucht ankämpfen.

„Trevor? Trevor!“ Julia blickte mit strahlenden Augen zu ihm auf. „Kommen Sie herunter, ich möchte Ihnen meinen Freund vorstellen.“

„Bin schon unterwegs!“ erwiderte er betont fröhlich. *Das ist also der Mann, den Julia sich ausgesucht hat. Es muß wohl mehr an ihm dran sein, als man auf den ersten Blick erkennen kann.*

Miles beobachtete, wie der Mann die Leiter herunterstieg. Sein Lächeln verschwand, als ihm klarwurde, daß Julias Angestellter kein alter Handwerker war, sondern ein attraktiver junger Mann, der ihm folglich in die Quere kommen konnte. *Das gefällt mir nicht ...*

Trevor lächelte und streckte seine Hand aus, um Miles zu begrüßen. Julia stellte sie vor, und Miles nahm widerstrebend Trevors dargebotene Hand. Prüfend ließ er seine stahlgrauen Augen über den Mann gleiten. *Ein selbstsicherer Kerl. Will mehr als nur arbeiten. Vielleicht Julias Geld? Julia selbst? Ich kenne diese Sorte.*

Trevor bildete sich seine eigene Meinung. *Eitler Fatzke. Denkt nur an sich, nicht an Julia. Sie paßt gut in seine Pläne und ist eine hübsche Dekoration an seiner Seite. Was für ein Schmarotzer!*

Sie wechselten einige oberflächliche Worte, dann entfernten sie sich schnell und in gegenseitigem Einvernehmen voneinander.

⋆

Erst beim Abendessen hatten Miles und Julia Zeit, sich ein wenig ausführlicher zu unterhalten. Sie saßen an einem Ende des riesigen Eßtisches bei Kerzenschein zusammen und aßen von dem wertvollen Wedgewood-Porzellan, das Tante Linda Julia geschickt hatte.

„Ich bin so froh, daß alles gut läuft, Liebling", meinte Miles. „Das Leben in Neuengland scheint dir gut zu bekommen. Du bist schöner als je zuvor. Nur leider bist du so weit fort von mir."

„Danke, Miles."

„Habe ich dich nun verloren? Willst du für immer hierbleiben? Oder willst du nur dein Hotel einrichten und in Gang bringen und dann zu mir nach Hause kommen?"

„Als ich noch in San Francisco war, warst du gar nicht so sehr interessiert daran, mich um dich zu haben. Du warst den halben Monat auf Geschäftsreisen. Wir waren uns doch darüber einig, Miles – ich brauche mein eigenes Leben."

„So weit fort von mir?"

„Ich liebe dieses alte Haus. Ich werde es zu meinem Zuhause machen. Du könntest dich ja in Boston niederlassen, wenn du näher bei mir sein willst."

„Das tue ich vielleicht sogar."

Seine Antwort erstaunte sie. In den nunmehr vier Jahren ihres Zusammenseins hatte er sie nie an die erste Stelle gesetzt. Sie hatten zwar vor, eines Tages zu heiraten – wenn Miles' Rechtsanwaltspraxis gut lief. Ihre Familien entstammten denselben gesellschaftlichen Kreisen San Franciscos, und sie schienen wie füreinander geschaffen zu sein, wie alle behaupteten.

Das Problem war, daß Julia sich inzwischen gar nicht mehr so sicher war, daß „alle" recht hatten.

Julia blickte Miles an, der sie im Kerzenlicht anlächelte. Er war ein gutaussehender Mann und ein erfolgreicher Rechtsanwalt. Ihre Mutter Eleanor war begeistert von ihm, und ihr Vater Jacob kam auch ganz gut mit ihm aus. Doch nach diesen vier Jahren fehlte Julia irgendwie das „gewisse Etwas". Sie verwarf diese Gedanken schnell wieder. *Miles wird immer für mich da sein. Er ist genau der Richtige für mich.* Sie lächelte zurück.

„Sieh mal, Liebling. Ich weiß, ich bin erst wenige Stunden da und habe nicht das Recht, etwas zu sagen, doch ich würde gern erfahren, was du über diesen Kenbridge weißt. Mir gefällt es gar nicht, daß ein Mann, den wir kaum kennen, hier direkt neben dir wohnt. Wenn er nun ein Massenmörder oder so etwas ist? Hast du Erkundigungen über ihn eingezogen?"

Sie brach in Gelächter aus. „Er hat mir einen Stapel Zeugnisse gegeben. Von allen wird er wärmstens empfohlen. Und ich bin sicher, daß der Sheriff über alle gesuchten Verbrecher informiert ist; hier passiert ja sonst kein Verbrechen, das ihn ablenken könnte."

„Dieser Kenbridge hat etwas an sich, das mir nicht gefällt."

„Vielleicht bist du eifersüchtig", neckte sie ihn.

„Habe ich denn Grund dazu?"

Julia legte ihre Hand auf seine und blickte ihm in die Augen. „Natürlich nicht."

Kapitel Zehn

Miles blieb übers Wochenende. Am Montag hatte er einen Termin in New York. Bevor er abreiste, suchte er ein Gespräch mit Trevor. Er fand ihn in der Küche, wo er alte Leitungen herausnahm und einen Abfluß installierte.

„Kenbridge?"

Trevor kam unter der Spüle hervor und blickte zu Miles auf, der in einem eleganten dunklen Anzug mit passender Krawatte und einem Kamelhaarmantel vor ihm stand. Trevor richtete sich auf, wischte sich seine schmutzigen Hände an seiner Jeans ab und sah Miles fragend an.

„Sehen Sie", meinte Miles. „Ich will mich kurz fassen, damit ich hier verschwinden und in die Zivilisation zurückkehren kann."

Trevor betrachtete ihn schweigend.

„Ich möchte nicht, daß Sie in Julias Nähe kommen. Sie sind ihr Angestellter und nichts weiter. Wenn Sie sie berühren, werden Sie dafür bezahlen."

„Haben Sie Angst?" forderte Trevor ihn heraus.

„Ganz und gar nicht", log Miles. „Das ist nur eine Warnung, falls Sie je daran denken sollten, etwas in dieser Richtung zu unternehmen. Ich habe vor, Julia in nicht allzu ferner Zukunft zu meiner Frau zu machen. Ich weiß, einem Mann wie Ihnen fällt es schwer, sich in der Nähe einer so attraktiven Frau zu beherrschen. Aber rühren Sie sie nicht an. Sie gehört mir."

„Julia scheint mir keine Frau zu sein, der es gefallen würde, als Ihr Eigentum betrachtet zu werden."

Miles machte einen Schritt auf Trevor zu, doch dieser wich nicht zurück. „Legen Sie sich nicht mit mir an, Kenbridge", warnte Miles.

„Irgend etwas sagt mir, daß es mir ein besonderes Vergnügen bereiten würde, mich mit Ihnen anzulegen. Wir haben uns zwar gerade erst kennengelernt, doch ich kenne Ihre Sorte. Und so weit ich Julia beurteilen kann, sind Sie nicht der Mann, der sie verdient hat."

„Miles?" rief Julia aus der Halle. „Miles, du fährst jetzt besser los, wenn du dein Flugzeug noch erreichen willst."

Er drehte sich auf dem Absatz um und ging zur Küchentür. Dort wandte er sich noch einmal zu Trevor um. „Sie wissen gar nichts. Wenn Sie Schwierigkeiten machen, dann werde ich Sie persönlich hier herausprügeln."

Trevor hörte, wie Miles in der Halle leise mit Julia sprach. Er konnte nicht widerstehen, sie durch den Türspalt zu beobachten. Miles beugte sich vor und gab ihr einen Kuß, und Julia streichelte ihm über die Wange. Doch der leidenschaftliche Abschiedskuß, den man von einem liebenden Paar erwarten konnte, blieb aus.

Fröhlich pfeifend kehrte er an seine Arbeit zurück.

*

„Julia!" rief Trevor aus einem Schlafzimmer im südöstlichen Flügel. „Julia!"

Sie eilte die Treppen hoch und fragte sich, was wohl nun schon wieder passiert war. Nachdem Trevor das Dach provisorisch ausgebessert hatte, war er nun dabei, die beiden „Klosetts" zu Badezimmern auszubauen und ein drittes anzufügen.

Sie rannte durch die Tür – und in Trevor hinein, der sie gerade holen wollte. „Ach, da sind Sie ja!" sagte er. „Sehen Sie sich das an!"

Er ging zu einer Ecke des Raumes und blieb neben einer Holzlatte stehen, die noch nicht entfernt worden war. Er griff dahinter, zog an einem Draht, und eine versteckte Tür öffnete sich.

Julia hielt erschrocken die Luft an. „Eine Geheimtür! Wo führt sie hin?"

„Das weiß ich noch nicht", erwiderte Trevor schelmisch grinsend. „Lassen Sie es uns erkunden."

„Ich hole schnell meine Taschenlampe!"

„Bringen Sie meine doch mit, wenn Sie schon mal unterwegs sind. Sie liegt auf der Spüle in der Küche."

Innerhalb kürzester Zeit war Julia wieder da, ein wenig atemlos, weil sie die Treppe heraufgerannt war. Sie lächelte Trevor an. „Dann wollen wir mal."

Trevor nickte aufgeregt. „Ladies first ..."

Sie stellte sich der Herausforderung und ging an ihm vorbei durch die Geheimtür. Der Durchgang war schmal, staubig und hing voller Spinnweben. Immer wieder mußte sie welche fortwischen. Trevor folgte dicht hinter ihr.

„Was meinen Sie, was Ururgroßvater Donnovan wohl mit einer Geheimtür wollte?" fragte Trevor.

„Wer weiß? Ich glaube aber nicht, daß es etwas Ungesetzliches gewesen ist. Hat man nicht damals, als dieses Haus gebaut wurde, immer ein Geheimversteck eingebaut? Vielleicht gefiel es ihm auch einfach nur, Geheimnisse zu haben." Der Durchgang machte eine scharfe Kurve nach rechts. Julia stand vor einer steilen Treppe. „Hier geht es runter", warnte sie.

Unten angekommen, ging es noch zweimal nach rechts. Die obere Hälfte des Ganges vor ihnen war blockiert, und sie mußten sich beim Hindurchkriechen ducken. „Das müßte eigentlich eines der Eßzimmerfenster sein", meinte Trevor.

„Vermutlich haben Sie recht! Hier ist das andere!" Julia duckte sich, kroch hindurch und ging weiter. Sie war so aufgeregt, daß sie gar nicht auf Trevor wartete. Julia erreichte das Ende des Ganges und entdeckte eine Reihe von Regalen, auf denen ledergebundene Bücher standen. Einige Regale waren so hoch, daß sie sie nicht erreichen konnte. „Trevor, können Sie an diese Bücher kommen?"

Keine Antwort.

„Trevor?" Julia drehte sich um und leuchtete mit ihrer Taschenlampe den Gang entlang. Er war leer. *Er versucht mich zu erschrecken.* Sie ignorierte Trevors Schweigen und wendete sich wieder den Regalen zu. Sie holte sich ein Buch heraus und blies den Staub weg. Die Staubwolke brachte sie zum Husten. „Wow!" Julia öffnete den Band.

Anna Serine Donnovan
1839

„O Trevor! Kommen Sie schnell! Ich weiß, daß Sie da sind. Sehen Sie nur, was ich gefunden habe!"

Er kroch durch die letzte Fenstervertiefung, blieb hinter ihr stehen und hielt die Taschenlampe unter sein Kinn. Sein Gesicht war in gespenstisches Licht getaucht. „Ich bin schon da", sagte er mit tiefer Stimme. Da Julia nur mit einem zerstreuten Lachen reagierte, gab er sein Spiel auf und wurde wieder ernst. „Sie werden nicht glauben, was ich gefunden habe."

„Sehen Sie nur, was *ich* gefunden habe! Die Tagebücher meiner Ururgroßmutter. Denken Sie nur an die Familiengeschichte, die darin enthalten ist. Und sehen Sie! Sie hat eine ganze Menge geschrieben! Das war Annas Geheimgang, nicht Shanes."

„Und wenn das hier so funktioniert wie die Geheimtür zum Eßzimmer -" Trevor begann, die Wände nach einem weiteren Draht abzusuchen. Er fand ihn, zog daran, und eine ganze Regalwand schwang nach außen in die Bibliothek.

Julias Kinnlade fiel herunter. „Wie in aller Welt ..."

„Der Porzellanschrank im Eßzimmer wird auf dieselbe Weise beiseite geschoben."

„Sie machen Scherze. Das Porzellan ist doch hoffentlich nicht zerbrochen?"

„Nein. Wer immer sich das ausgedacht hat, er muß ein Genie gewesen war. Sehen Sie nur die winzigen Leisten, die die Bücher festhalten. Bei dem Porzellanschrank ist es genauso. Und wie sie beiseite schwingen – so leicht und sanft – trotz des Gewichtes bleibt alles an seinem Ort."

„Das ist erstaunlich. Man sollte annehmen, daß im Laufe der vergangenen hundert Jahre die Dinger kaputtgegangen sind. Hier, helfen Sie mir, diese Tagebücher in die Bibliothek zu bringen."

Julia nahm noch zwei Bücher vom Regal und ging durch die riesige Geheimtür in den Raum. Sie legte die Bücher auf einem Tisch in der Nähe des Fensters ab, von dem aus man den Leuchtturm und das Meer sehen konnte, dann drehte sie sich um, um fünf weitere Bücher von Trevor entgegenzunehmen. „Sind das alle?"

„Ja."

„Was ist mit der Blechschachtel da oben? Könnten Sie sie mir herunterholen?"

„Kann ich."

Kurz darauf kehrte Trevor mit der Blechdose zurück. Er stellte sie auf den Tisch und machte sich daran, den geheimen Hebel zum Öffnen der Geheimtür zu suchen. Julia vertiefte sich in die Bücher.

Sie suchte nach dem ersten der Tagebücher, öffnete es und begann zu lesen.

25. Dezember 1839
Mein Shane hat mich endlich überzeugt. Vielleicht liegt es an der fröhlichen und hoffnungsvollen Stimmung bei der Feier des Geburtstages unseres Herrn, daß er mich schließlich empfänglich machte für seine Träume und Hoffnungen. Da er am selben Tag, an dem er mich zu seiner Verlobten machte, zum Kapitän befördert wurde, schwebt er wie auf Wolken. Es ist äußerst schwierig, mit ihm über die Einzelheiten zu sprechen, doch ich muß sagen,

es freut mich, ihn so guter Laune zu sehen. Es ist, als läge ihm die Welt zu Füßen, und ich kann mich mit ihm freuen. Ich habe zugestimmt, am 18. Januar 1840 eins mit ihm zu werden, trotz der Bedenken meiner Eltern hinsichtlich seiner gefährlichen Tätigkeit und seinem Wunsch, nach Amerika auszuwandern. Das wird tatsächlich eine Reise werden.

„Julia?“ Trevor starrte sie an. Sie war so vertieft in Annas Tagebücher, daß sie ihn gar nicht hörte. Dies gab ihm die Gelegenheit, sie intensiv zu betrachten. Ihr Haar glänzte im sanften Schein der Lampe, und ihre dunkelblauen Augen nahmen eifrig Seite um Seite in sich auf.

„Sie sind wunderschön“, sagte er einfach. Doch sie hörte nicht einmal das. „Sie sind wahrscheinlich die schönste Frau, der ich jemals begegnet bin“, sagte er etwas mutiger.

Das hörte sie.

Sie hob den Kopf und blickte ihn an. Unter ihrem Blick drohte sein Herz zu schmelzen. Nie war er einer Frau wie ihr begegnet. Nach nur vier Wochen wußte er, daß er in echten Schwierigkeiten war. „Augen wie Ihre habe ich nur im Mittleren Osten gesehen. Dort gibt es ein Volk, das genau solche Augen hat. Ihre Augen sind faszinierend. Ich könnte mich darin verlieren.“

„Trevor ...“

„Ich weiß, ich weiß“, er hob resignierend die Hände. „Sie sind mit Ihrem Freund Miles so gut wie verlobt, und ich bin nur Ihr Angestellter. Trotzdem sollten Sie wissen, daß Sie mich faszinieren, Miss Rierdon, und normalerweise ist es sehr schwer, mich zu faszinieren. Sie können es glauben oder nicht. Ich muß einfach ehrlich sein. Als Sie mich eingestellt haben, war ich damit einverstanden, keine Spielchen zu treiben.“

Sie wußte nicht, was sie sagen sollte. „Vielen Dank“, meinte sie schließlich lahm.

Er lächelte sie an. „Gern geschehen.“

Kapitel Elf

Ben aß seinen Blaubeerkuchen auf, während Tara einen anderen Kunden bediente und dann zu ihm zurückkam, um weiterzuplaudern. „Und übrigens, sie sagte, sie würde die Verbindung zu einigen großen New Yorker Verlegern herstellen. Vielleicht wird es ja wirklich was."

„Na, na. Zähl nicht schon die Küken, bevor sie ausschlüpfen!"

„O Ben, träum doch ein wenig mit mir! Denk nur. Ich könnte dieses Kochbuch fertigstellen, vielleicht noch ein weiteres. Vielleicht könnte ich sogar in einer Kochshow in Portland mitwirken."

„Meinst du nicht, du schießt da etwas übers Ziel hinaus?"

„Warum bist du nur so negativ?" Sie wurde ärgerlich. Die ganze gute Laune war ihr verdorben.

„Ich möchte nur nicht, daß du eine Enttäuschung erlebst."

„*Du* bist es, der mich enttäuscht. Ich dachte, du würdest dich mit mir freuen."

„Soll ich mich freuen bei dem Gedanken, daß du vielleicht von hier fortgehst, um eine große Autorin zu werden? Ich mag es so, wie es ist."

„Und wie ist es, Ben?" fragte sie ärgerlich.

„Nun, das weißt du doch."

„Nein, ich weiß es nicht."

„Ich kann nicht mit dir reden, wenn du so bist." Er stand auf und legte einen Fünf-Dollar-Schein auf die Theke.

„Wenn ich wie bin?" Ihre Stimme wurde lauter. Die anderen Gäste in dem kleinen Lokal beobachteten sie. „Wenn ich darauf dränge, daß du mir sagst, was du empfindest?"

„Gute Nacht, Tara."

Sie wandte sich von ihm ab. Ihre Beziehung steckte in einer Sackgasse. Sie wollte nicht die erste sein, die über ihre Gefühle sprach. Er mußte den ersten Schritt tun.

Tara legte die Hände auf die Durchreiche und meinte, ohne sich ihm zuzuwenden: „Gute Nacht, Ben."

Aller Augen waren auf Ben gerichtet, als er seinen Hut aufsetzte und zur Tür hinausging.

*

„Soll ich Ihnen Abendessen machen?" fragte Trevor.

Die ganze Woche hatte Julia mit Trevor zusammengearbeitet. Sie hatten die Wände aufgeklopft, um neue Rohre für die Badezimmer zu verlegen. Jetzt hatten sie es fast geschafft. Sie blickte zu ihm hin, während er die Tapete von den Wänden riß, wobei sie darauf achtete, daß ihr Blick nicht zu lange auf ihm ruhte. Seit dem Gespräch eine Woche zuvor in der Bibliothek hatte er keinen weiteren Schritt mehr auf sie zu gemacht. Sie überzeugte sich davon, daß sein Angebot sicherlich nur ein Freundschaftsakt war, und schob jeglichen Gedanken an Miles beiseite.

„Klingt gut. Was gibt es?"

„Ich werde Sie überraschen. Bei mir oder bei Ihnen?"

„Bei mir", sagte sie. Neben der Arbeit am Haupthaus war es Trevor auch noch gelungen, seine Hütte beim Leuchtturm in Ordnung zu bringen. Das Häuschen war sehr gemütlich, und Trevor genoß vor allem, daß er einen direkten Zugang zum Leuchtturm hatte. Doch Julia fühlte sich im Haus sicherer.

„In Ordnung", stimmte er zu. „Sieben Uhr?"

„Prima." Dann fügte sie noch hinzu: „Das ist nur ein Abendessen unter Kollegen, nicht wahr?"

„Ganz wie Sie wünschen."

„Nur ein platonisches Abendessen. Wir wollen die Linien nicht verwischen."

*

Um fünf vor sieben warf Julia einen weiteren Blick in den Spiegel. Nachdem sie ausgiebig gebadet und sich umgezogen hatte, war sie fertig zum Abendessen. Sie schimpfte sich aus, weil sie so nervös war, und dachte an Miles, der in dieser Woche wiederkommen wollte. „Warum freue ich mich mehr auf dieses Abendessen als auf unser gemeinsames Wochenende?“ fragte sie ihr Spiegelbild.

Der Gedanke an Trevor, der unten in der Küche das Abendessen zubereitete, lenkte sie ab. *Ein erstaunlicher Mann.* Er war durch die ganze Welt gereist. Er konnte hervorragend mit einem Hammer umgehen und außerdem noch kochen. Und offensichtlich hatte er sich in sie verguckt. „Ver-guckt“, sagte sie zu ihrem Spiegelbild, für den Fall, sie könnte sich einbilden, es sei mehr als das.

Trevor, der Julia nicht vor den Kopf stoßen wollte, hatte den Tisch in der hell erleuchteten Küche gedeckt. Als sie eintrat, drehte er sich kurz zu ihr um, dann schaute er noch einmal hin, um sicherzugehen, daß er richtig gesehen hatte. „Sie ... Sie sehen atemberaubend aus.“

„Vielen Dank. Ich dachte, ich ziehe mich zum Abendessen um.“

Julia trug eine lavendelfarbene Seidenbluse und einen schwarzen Rock. Ihr Haar hatte sie zu einem Knoten aufgesteckt.

Trevor blickte an sich hinunter. „Es tut mir leid, ich konnte mich nicht mehr umziehen. Ich denke, mein Gepäck wird bald eintreffen.“ Einen ganzen Monat lang hatte er aus seiner Tasche gelebt, doch das störte Julia nicht. Ihr gefiel seine Unkompliziertheit.

Trevor wendete sich wieder seiner Arbeit zu. „Ihr Miles kann sich glücklich schätzen. Ich bin froh, daß Sie heute abend mit mir zusammen sind und nicht mit ihm.“

Ich auch, gestand sie sich selbst ein. *Ich bin gar nicht in der Stimmung, Miles zu sehen.* „Was gibt es denn nun zum Abendessen?"

„Etwas Thailändisches. Curryhähnchen mit Beilage."

„Hmm. Sind Sie schon in Thailand gewesen?"

„Vor zehn Jahren. Ein faszinierendes Land, ein faszinierendes Volk."

„Sie sind viel herumgekommen."

„Ja, das kann man sagen."

„Warum? Ich meine, ich reise auch gern, doch Europa und einige andere Reisen haben mir vollkommen genügt. Was treibt Sie?"

„Ich möchte die Welt sehen. Nach dem College habe ich damit angefangen – und noch nicht wieder aufgehört. Zwölf Jahre ist das nun schon her. Wir leben auf einem riesigen, wundervollen Planeten – ich wollte ihn kennenlernen. Ich wollte andere Kulturen, andere Völker, andere Ansichten kennenlernen. Es war eine Leidenschaft. Ich habe vier Kontinente bereist, zweiundvierzig Länder."

„Und? Haben Sie alles gesehen, was Sie wollten?"

„Ich habe einen Punkt erreicht, wo ich das Gefühl habe, einen guten Überblick über den Rest der Welt bekommen zu haben. Ich wollte nun nach Hause kommen. Ich werde immer den Wunsch haben, viel zu reisen, doch das wird nicht mehr mein ganzes Denken bestimmen. Ich habe Ihnen ja gesagt, daß ich schon immer von Leuchttürmen geträumt habe. Darum kam ich nach Maine. Und dann führte mich mein Weg hierher." Bewußt vermied er es zu sagen: ‚...und zu dir.'

Er reichte ihr eine winzige Tasse mit grünem Tee und hob die seine, um einen Toast auszubringen. „Auf das Leuchtfeuer."

„Auf das Leuchtfeuer", wiederholte sie.

Kapitel Zwölf

Sie saßen gemütlich in den Sesseln im Wohnzimmer vor dem Kamin. Als erstes hatte Trevor den Kamin in Ordnung gebracht, damit Julia Feuer machen konnte und nicht die teuren elektrischen Heizkörper benutzen mußte. In jedem Kamin waren Pumpen installiert, die eine wohlige Wärme in den Räumen verbreiteten. Trotzdem hatten Julia und Trevor sich in Decken gewickelt.

„So, und wo ist Ururgroßmutter Anna heute?“ fragte Trevor mit echtem Interesse. Jeden Abend hatte Julia in Annas Tagebüchern gelesen, und sie erzählte ihm alles ganz genau.

„O Trevor! Sie hat so wunderschön geschrieben. Sie sind immer noch mitten auf dem Atlantik, und sie beschreibt alles so detailliert – man hat das Gefühl, daß man mit ihr unterwegs ist.“

„Würden Sie mir ein wenig vorlesen? Ich würde gern hören, was Sie so beschäftigt.“

Julia lächelte ihn strahlend an. „Sehr gern.“

Als sie aufstand und den Raum verließ, um das Tagebuch aus der Bibliothek zu holen, spürte sie seinen Blick auf ihrem Rücken. Zurück im Wohnzimmer knipste sie die Lampe neben ihrem Sessel an, um besser sehen zu können. „Es tut mir leid“, entschuldigte sie sich, weil das Licht die heimelige Atmosphäre zerstörte.

„So kann ich Sie besser sehen“, gab er zurück.

Sie ignorierte diese Bemerkung und begann zu lesen.

10. Juni 1840
Ich beobachte Shane bei seiner Arbeit, und mein Herz schwillt an vor Stolz. Er ist ein guter, gerechter Kapitän, und die Männer

bringen ihm echte Zuneigung entgegen. Trotz der Mühen und Probleme einer so langen Reise ist die Stimmung auf dem Schiff immer noch sehr gut. Auch weiterhin verbringe ich die meiste Zeit in der Kapitänskajüte und lese oder arbeite an meiner Stickerei. Falls wir dieses Land mit Namen Amerika jemals erreichen sollten, werde ich niederknien und den Boden küssen. Ich verstehe nicht, wie manche Männer sich berufen fühlen können, zur See zu fahren.

Julia brach ab und blickte zu Trevor hinüber. Er lächelte sie an.

„Hören Sie zu?"

„Natürlich! Es ist toll."

Julia las weiter.

Meine Liebe zu Shane wird von Tag zu Tag größer, vielleicht auch, weil ich nicht mehr von meiner Familie und der Gesellschaft um mich herum abgelenkt werde. Wir sind wie Adam und Eva im Garten Eden, bereit, die Welt zu erobern. Forscher, Eroberer, Partner. In ihm habe ich den besten Kameraden gefunden, den es gibt, und den besten Liebhaber. Welch ein Segen, daß es Gott gefallen hat, uns zusammenzubringen!

20. Juni 1840
Wir sind immer noch unterwegs, und ich kann es kaum noch erwarten, endlich an Land zu gehen. Mein Magen schwankt mit den Wellen, obwohl wir schon so lange unterwegs sind. Ich hätte meine Seekrankheit längst überwinden müssen. Nicht einmal Schiffszwieback kann ich bei mir behalten, und allmählich entdecke ich die Besorgnis in den Augen meines Shane. Er murmelt Worte wie: „Das Meer ist kein Ort für Frauen", vor sich hin und sucht den Horizont nach einem Anzeichen von Land ab. Er schimpft darüber, daß das Schiff so langsam vorankommt und ruft seinem Mann im Mast zu, noch aufmerksamer nach Land zu suchen.

28. Juni 1840
Land ist gesichtet worden. Keinen Augenblick zu früh. Ich bin so schwach, daß ich kaum noch aufstehen kann, und ich habe auch den Grund dafür entdeckt. Ich trage Shanes Kind. Ich bin erschöpft, doch der Gedanke daran erfüllt mich mit großer Freude.

10. Juli 1840
Shane hat eine kleine Wohnung für uns in dieser geschäftigen Stadt mit Namen „New York" gefunden. Sie ähnelt ein wenig der Stadt York in England und hat viel mehr Einwohner als unser Dorf zu Hause. Shane sagt, wir würden nur wenige Monate hierbleiben. Er ist wieder auf Reisen. Er umfährt Südamerika zu einem Land mit Namen „Kalifornien". Dafür bekommt er viel Geld, damit wir uns ein Haus kaufen können. Amerika ist teurer, als wir gedacht hatten.

Julia las immer weiter und verlor sich in der Welt ihrer Vorfahren. Nach einer Stunde blickte sie auf. Trevor sah sie schläfrig an.

„Ich höre wirklich gern zu, doch ich muß zugeben, daß ich langsam müde werde", sagte er. „Ich denke, ich werde schnell noch das Geschirr spülen und dann ins Bett gehen. Die Installateure kommen morgen sehr früh."

„Ich spüle das Geschirr. Das ist das mindeste, was ich tun kann – Sie haben hervorragend gekocht."

„In Ordnung. Ich werde ein schlechter Gastgeber sein und es Ihnen überlassen."

Sie standen auf und gingen zusammen zur Tür. Julia begann leicht zu zittern, als ihr die kühle Nachtluft entgegenschlug.

Trevor bemerkte ihr Frösteln und mußte gegen den Drang ankämpfen, sie in die Arme zu nehmen. Was war das nur? Sie war sehr hübsch, das stimmte, doch auf seinen Reisen hatte er viele schöne Frauen kennengelernt. *Warum ausgerechnet diese?* Der Schmerz zehrte an ihm. Julias Herz gehörte einem anderen. Sie war seine Chefin, nichts weiter. Er schloß die Augen und stellte sich vor, daß Julia ihn umarmte, seine Küsse erwiderte ...

„Trevor?" fragte Julia, die seinen träumerischen Blick bemerkt hatte.

Erschrocken fuhr er zusammen. Er schluckte und sagte traurig: „Gute Nacht, Julia."

„Gute Nacht."

Die Hand auf den Türgriff gelegt, zögerte er. „Julia?"

„Ja?"

„Denken Sie, wir könnten das wiederholen? Der Abend hat mir sehr gefallen, und mich interessiert die Geschichte der Donnovans wirklich, aber ich möchte die Linie nicht überschreiten. Ich möchte, daß auch Sie sich wohlfühlen."

„Danke. Doch, ich glaube, das läßt sich machen."

Trevor lächelte, als er zur Tür hinausging und sich auf den Weg zu seinem Häuschen machte.

*

Tara knipste die Lichter aus und verschloß die Tür des Restaurants. Jetzt im Frühling konnte sie abends zu Fuß nach Hause gehen. Sie genoß die kühle Nachtluft nach den Abenden in der heißen Küche.

Ben kam aus dem Schatten der Bäume hervor und begann ihr unentdeckt zu folgen. Er hatte es sich zur Gewohnheit gemacht, dafür zu sorgen, daß Tara sicher nach Hause kam. Doch aus irgendeinem Grund konnte er es ihr nicht erzählen und sie auch nicht offen nach Hause begleiten. *So ist es leichter und sicherer,* redete er sich ein. *Wir sind nur Freunde.* Es hatte im vergangenen Sommer begonnen. Ihre Freundschaft hatte sich im Laufe des Jahres vertieft. Ben hatte oft mit ihr über die Schwierigkeiten gesprochen, die er mit Mike hatte, und

Mike liebte Tara über alles. Eigentlich wäre sie die ideale Frau gewesen für einen Witwer wie Ben.

Doch wann immer Ben sie lachen sah, mußte er an die Zeit denken, wo er sie zusammen mit Sharon in der Küche seines Hauses hatte lachen sehen. *Sharon.* Er fragte sich, ob der Schmerz wohl nie nachlassen würde. *O Sharon, ich vermisse dich so.*

Mike war die Rechtfertigung dafür, daß er dreimal pro Woche in ihrem Restaurant aß und sie auch samstags häufig besuchte. *Es ist wegen Mike. Der Junge braucht eine Mutterfigur.* Doch Ben mußte zugeben, daß auch er Taras Gesellschaft genoß. Der Gedanke daran, daß sie vielleicht fortgehen könnte, erschreckte ihn. Er starrte auf ihre kleine Gestalt in dem Regenmantel und konzentrierte sich darauf, leise mit ihr Schritt zu halten.

★

Während des Wochenendes in der Stadt mietete sich Miles in einem kleinen Gasthaus ein, weil er sich weigerte, in einem Haus ohne fließendes Wasser zu übernachten. Mit allen Mitteln versuchte er, Julia zu überreden, bei ihm zu bleiben.

„Komm schon, Julia, wir sind doch so gut wie verlobt."

„Aber wir *sind* noch nicht verlobt, nicht wahr, Miles? Und auch wenn wir es wären, so würde ich dein Bett immer noch nicht teilen."

„Hmm. Auf jeden Fall ist es unhygienisch, in einem Haus ohne Wasser zu wohnen. Komm doch zurück in die Zivilisation. Bleib bei mir. Ich werde auf dem Sofa schlafen."

„Nein, vielen Dank. In wenigen Tagen werden wir wieder Wasser haben, und in der Zwischenzeit habe ich mich daran gewöhnt, bei Tara zu duschen. Ich habe auch ein wenig Wasser zurückbehalten für ein Bad, bevor sie uns die Hauptleitung abklemmten. Wirklich, Miles, wie kann man sich nur so anstellen."

Er blickte sie fragend an. „Ich werde diese Bemerkung ignorieren, weil ich uns unser gemeinsames Wochenende nicht verderben möchte. Wir haben wundervolle Pläne."

„Tatsächlich?"

„Nun, du brauchst gar nicht so überrascht zu tun. Dein alter Miles hat immer ein oder zwei Trümpfe im Ärmel."

Sie lächelte über das Funkeln in seinen Augen. „Zum Beispiel ...?"

„Ich werde dir die Stadt zeigen."

„Miles! Das wäre herrlich. Ich habe noch nicht viel Gelegenheit dazu gehabt. Hier im Haus war so viel zu tun."

„Gut. Dann wäre das also abgemacht."

Er wollte sie gerade küssen, als Trevor zur Eingangstür hereinkam. Miles blickte ihn finster an, während er und Julia voneinander wegrückten. „Klopfen Sie nie an?"

„Schön, Sie zu sehen, Beckley. Schätze, Ihnen ist nicht klar, daß das Haus mein Arbeitsbereich ist. Julia bleibt in ihrem Zimmer, wenn sie allein sein möchte." Zum ersten Mal blickte er seine Chefin an. Trevor war klar, daß er zur Unzeit gekommen war, und er mußte sich bemühen, ein Lächeln zu unterdrücken. „So war es doch vereinbart, oder nicht?"

Julia trat unbehaglich von einem Fuß auf den anderen. Trevor versuchte, sie auf seine Seite zu ziehen. „Das stimmt -"

„Da haben Sie es. Aus dem Mund der Chefin."

Miles zitterte vor Wut, und Trevors Augen funkelten schelmisch. Er ging in die Küche, um mit den Klempnern zu sprechen. An der Tür blieb er stehen. „Übrigens, Miles, zu schade, daß Sie nicht häufiger hier sind. In letzter Zeit hat sich allerlei Interessantes ergeben."

Miles starrte ihn wütend an. Er war vor Wut ganz rot im Gesicht geworden, und die Adern an seinen Schläfen traten hervor. Anklagend sah er Julia an. „Was geht hier vor? Hat er dich etwa belästigt?“

„Nein. Natürlich nicht.“ Sie rückte unbehaglich von ihm ab.

„Bist du sicher?“

„Miles!“

„Es tut mir leid, aber dieser Mann treibt mich zum Wahnsinn.“

„Das erstaunt mich nicht. Doch ich hätte gedacht, daß ihr beide erwachsen genug seid, um miteinander auszukommen, wenigstens um meinetwillen.“

Miles beruhigte sich ein wenig und atmete tief durch. „Ich werde es versuchen. Ich kenne diese Sorte Leute.“ Er blieb im Eingang stehen.

Julia wechselte das Thema. „Du könntest dir deine Jeans anziehen und ein wenig helfen. Es gibt genug zu tun.“

Miles lächelte sie fast mitleidig an. „Ich habe noch geschäftliche Anrufe zu erledigen. Soll ich dich um sieben abholen?“

Julias Enttäuschung war nur zu offensichtlich. „Miles, wirst du mir jemals helfen?“

Er nahm ihr Kinn in die Hand und hob ihr Gesicht hoch. „Das ist *dein* Traum. Du kannst ihn dir erfüllen, wenn du mußt. Aber erwarte nicht, daß ich es auch tue! Ich habe meine eigenen Träume.“

Sie seufzte. „Sieben Uhr ist in Ordnung.“

Kapitel Dreizehn

An diesem Nachmittag arbeitete Julia oben, als sie hörte, wie ein Lastwagen vorfuhr. *Was um alles in der Welt wird nun wieder geliefert?* Sie ging hinunter und öffnete die Haustür.

Trevor war bereits draußen und sprach mit dem Fahrer. Er grinste Julia an.

„Mein Gepäck!" erklärte er freudig. „Bringen Sie es hier herüber", wies er den Fahrer an und folgte dem Wagen zu seiner Hütte.

Julia beobachtete, wie der Wagen hinüberfuhr, beladen mit mehreren großen Überseekoffern, drei großen Kisten und zwei Koffern.

„Wo kommt es her?" rief sie Trevor nach.

„Aus Nepal."

*

Miles kam pünktlich um sieben. Als er und Julia das Haus verließen und zu dem Wagen gingen, den Miles in der Stadt gemietet hatte, fuhr Trevor winkend auf seinem Motorrad an ihnen vorbei.

Julia blieb stehen und blickte ihm nach.

„Julia?" fragte Miles und blickte sie eindringlich an.

„Trevor hat gar nicht gesagt, daß er heute abend ausgeht."

„Pflegt er dir denn alles zu erzählen?" fragte Miles gereizt.

„Nicht alles. Aber du meine Güte, Miles, wir arbeiten sehr eng zusammen. Natürlich unterhalten wir uns."

„Nur das?"

Sie drehte sich zu ihm um. „Wollen wir ausgehen, oder möchtest du mich über Trevor aushorchen?"

Miles blickte Trevors Motorrad nach, dann öffnete er Julia die Wagentür.

Schweigend stieg Julia ein.

*

Mike beobachtete, wie Julia mit Miles durch die Stadt fuhr. Verwirrt betrat er das Restaurant. „Warum gibt sich Julia mit diesem Macker ab?“ fragte er Tara und deutete mit dem Kopf zur Tür.

„Macker?“

„Dieser reiche Typ, der in diesen Wahnsinnsautos durch die Stadt kutschiert.“

„Sie ist wohl der Meinung, daß er der Richtige für sie ist.“

„Warum? Ich meine, ich mag Jessica echt unheimlich gern, aber wenn sie sich so aufführen würde wie Julias Typ, würde ich mich nicht mehr mit ihr abgeben.“

Tara füllte einen Teller mit Suppe und reichte ihn dem immer hungrigen jungen Mann. „Manchmal sind die Beziehungen der Erwachsenen eben recht kompliziert.“

„Wie bei dir und Dad?“

Tara blickte ihn überrascht an.

„Was meinst du damit?“

„Komm, Tara, ich bin doch nicht blöd.“

„Scheint so. Hast du deinem Vater mal diese Frage gestellt?“

„Ja. Er weicht immer aus.“

„Das kann er sehr gut.“

Mike löffelte die Suppe, so schnell er konnte, dann lächelte er Tara an. Er war allein im Restaurant. In den vergangenen zwei Wochen war er beinahe jeden Tag nach der Schule bei ihr vorbeigekommen, hatte seinen Teller Suppe gegessen und war dann abends mit seinem Vater zum Abendessen wiedergekommen.

„Du wärst eine klasse Mutter, Tara", meinte Mike.

„Danke, Mike. Vielleicht könnte ich mit ein wenig Übung noch besser werden."

„Ich stehe dir jederzeit zur Verfügung."

*

An diesem Abend fuhr Miles mit Julia nach Portland – eine zweistündige Autofahrt –, um ihr „die Stadt" zu zeigen.

„Ich dachte, du wolltest mich in Oak Harbor ausführen. Willst du nicht einmal versuchen, meine neue Heimat kennenzulernen? Die guten Dinge zu sehen?" Julia hatte Hunger und wurde immer ärgerlicher.

„Hör zu, Julia. Ich wollte nur ein ruhiges, romantisches Abendessen mit dir. Ich wollte dir etwas Besonderes bieten und nicht mit dir zu Tara gehen. War das falsch?"

Julia seufzte. „Nein. Ich wünschte nur, du würdest es versuchen."

„Wenn ich es nicht versuchen würde, wäre ich nicht hier. Laß mir doch Zeit, mich an all das hier zu gewöhnen."

Julia blickte ihn traurig an. Sie hatte so ein Gefühl, als würde er sich nie an „all das" gewöhnen.

Sie fanden ein nettes Restaurant, aßen schnell und fuhren recht wortkarg wieder nach Hause.

Trevors Motorrad stand nicht an seinem Platz, als sie zurückkamen.

„Meinst du, es ist alles in Ordnung mit ihm?" fragte Julia Miles. Sie hatte noch nie erlebt, daß Trevor so lange fortblieb.

„Vermutlich hat er eine Verabredung. Kann ich noch auf einen Schluck hereinkommen?"

Da Julia sich über Trevors Ausbleiben Gedanken machte und nicht allein bleiben wollte, stimmte sie zu. „Ich habe allerdings nur Kaffee im Haus. Ich könnte uns welchen machen und aus Annas Tagebüchern vorlesen."

Sie gingen ins Haus, und Julia stellte den Kessel auf den Herd, um Wasser für den Kaffee zu kochen. Nachdem sie das Kaffeepulver in den Filter abgemessen hatte, ging sie in die Bibliothek, um das Tagebuch, in dem sie gerade las, zu holen. *Es wird Spaß machen, es mit Miles zusammen zu lesen.* Während des Abendessens hatte sie ihm ein wenig davon erzählt und ihm gesagt, wie viel die Tagebücher ihr bedeuteten.

Als sie in die Küche zurückkehrte, kochte das Wasser, und sie goß die dampfende Flüssigkeit durch den Filter. Sie tat Milch dazu, stellte alles auf ein Tablett und brachte es vorsichtig ins Wohnzimmer hinüber.

Miles saß auf der neubezogenen Couch und wartete auf sie. Er war entspannt und wirkte sehr dekorativ.

„Du siehst so aus, als gehörtest du in diesen Raum", sagte sie bewundernd.

Miles dachte: *Das ist ein netter Ort für einen Besuch, aber ...*, doch er antwortete nur: „Danke."

Julia stellte das Tablett vorsichtig ab und setzte sich. Sie reichte Miles seine Tasse, und nachdem sie einen Schluck genommen hatte, öffnete sie das Tagebuch an der Stelle, wo Trevor und sie Anna zuletzt verlassen hatten.

„Anna ist schwanger", erklärte Julia. „Sie wartet auf Shanes Rückkehr von seiner Reise nach Kalifornien."

30. Juli 1840
Die Hitze ist unerträglich. Noch nie habe ich einen so heißen Sommer erlebt wie hier in New York. Seit vier Monaten habe ich nun schon Rückenschmerzen, und ich schwitze dermaßen, daß ich fürchte, es könnte mir und dem Kind schaden. Ach, wie sehne ich mich danach, daß Shane zurückkommt. Es kann eigentlich nicht mehr lange dauern, doch ich bin so ungeduldig. Der Gedanke an seine Berührung läßt mich erzittern. Ich möchte mit ihm zu Abend essen, mit ihm schlafen, mit ihm leben, sogar in dieser winzigen Wohnung. Das einzige, was zählt, ist, daß wir zusammen sind.

Julia errötete bei diesem sehr persönlichen Tagebucheintrag, doch Miles blickte sie nicht an. Er starrte auf die Gemälde, die die Wände zierten.

„Hörst du überhaupt zu?"

„Natürlich, Liebling. Sie ist ganz schön leidenschaftlich, nicht wahr? Ist Anna auf einem dieser Gemälde zu sehen?"

„Auf dem über dem Kamin", erklärte sie ihm. Sie freute sich, daß er sich wenigstens für einen Teil der Geschichte dieses Hauses interessierte.

„Sieh sie dir nur an! Sieh dir ihre Lippen an. Und ihre Augen. Sie haben genau deine Farbe. Das ist unverkennbar."

„Ich muß gestehen, es ist seltsam, dieses Porträt anzusehen. In der Stadtbibliothek hängt noch eins – Anna hat sie gegründet. Immer wieder sprechen die Leute von der Ähnlichkeit. Das ist schon fast nervtötend."

Julia fuhr mit dem Lesen fort, und sie war so gefesselt von dem, was ihre Ururgroßmutter geschrieben hatte, daß sie nicht bemerkte, wie Miles seine Tasse abstellte und sich hinter sie stellte. Auf einmal küßte er ihren Nacken.

„Miles ..." Sanft schob sie ihn von sich.

Er setzte sich neben Julia, nahm sie in die Arme und küßte sie. Seine Umarmung war warm, angenehm. Nach einer Weile rückte er ein wenig von ihr ab und sah sie eindringlich an. Er nahm ihre Hände und sagte: „Komm, wir wollen unsere eigene Geschichte in diesem Haus schreiben. Laß uns zusammen in Shanes und Annas Schlafzimmer gehen. Ich möchte dich umarmen, wo sie sich umarmt haben." Sein Gesicht war sehr ernst.

Julia runzelte leicht die Stirn. „Miles ... das haben wir doch schon besprochen."

„Und meinst du nicht, wir hätten lange genug gewartet, Julia? Es sind jetzt vier Jahre. Komm, komm mit nach oben."

Sie blickte in seine hoffnungsvollen Augen. „Sieh mal, Miles. Du und ich, wir sind beide alt genug, um zu wissen, daß wir uns nicht nur umarmen würden. Ich würde diese Stufen hochsteigen, um mit dir zu schlafen. Du bist ein attraktiver, begehrenswerter Mann. Doch ich habe schon vor langer Zeit beschlossen, daß ich mich nur dem Mann so voll und ganz hingeben will, mit dem ich den Rest meines Lebens verbringen würde. Ich dachte, du wärst damit einverstanden gewesen. So hat es Gott für uns geplant."

„Gott hat uns als Menschen mit Wünschen geschaffen, als Mann und Frau, die zusammensein wollen."

„... und die sich auch haben können und dabei gesegnet werden, *wenn sie verheiratet sind*, Miles."

Mit hochrotem Kopf stand er auf. „Du willst mich also zur Heirat zwingen. Du weißt doch, daß ich mit dieser Frage noch warten möchte, bis ich dir ein angemessenes Leben bieten kann."

„Ich möchte dich gar nicht ‚zwingen'. Warum drehen sich unsere Auseinandersetzungen immer nur um dich? Es geht nicht nur um dich. Es geht um *meine* Träume und um *deine* Träume und wie sie zueinander passen. Ich bin mir gar nicht sicher, daß du der Mann bist, den ich heiraten möchte. Falls du dir eines Tages sicher sein solltest, daß ich die richtige Frau für dich bin und du mich tatsächlich fragst – anstatt einfach davon auszugehen, daß ich will –, hoffe ich, daß ich die Antwort dann weiß. Doch in der Zwischenzeit wünschte ich, wir könnten einfach nur die Gesellschaft des anderen genießen. Sind wir denn so an die Hektik der Großstadt gewöhnt, daß wir ohne sie nicht mehr auskommen können?"

„Du würdest nicht einmal zulassen, daß ich dich in die Arme nehme?"

„Sei realistisch, Miles, dabei würde es doch nicht bleiben. Machen wir uns nichts vor."

„Ist es denn nicht normal, eine Frau zu begehren, mit der man seit *vier Jahren* befreundet ist? Julia, nicht einer unserer

Freunde hat so lange ausgehalten wie du. Vielleicht bist du gefühlskalt. Vielleicht bist du sogar frigide."

„So! Darum geht es also! Nur der Sex ist wichtig! Wo bleibt denn deine Liebe zu mir? Du hast von Anfang an gewußt, daß ich damit bis zur Hochzeit warten wollte."

Miles kniete sich neben sie und nahm ihre Hände. Seine Stimme wurde wieder einschmeichelnd. „Du bist jetzt dreißig Jahre alt. Meinst du nicht, es sei an der Zeit zu erforschen, was du bisher verpaßt hast? Gott hat uns die Sexualität doch selbst geschenkt. Ich könnte ... Komm, laß mich dir zeigen ..."

Julia erhob sich. Sie zitterte leicht. „Ich glaube, du solltest jetzt gehen."

Er stand auf. Ihm wurde klar, daß sie wirklich wütend war. „Schon gut, es tut mir leid. Ich bin nur ein wenig frustriert."

Sie blickte mit tränenverschleierten Augen zu ihm auf. „Ich schätze, *du* hast in diesen vergangenen vier Jahren nicht gewartet."

„Das habe ich nicht gesagt."

„Das brauchtest du auch nicht."

„Du kannst doch nicht erwarten, daß ein gesunder junger Mann diese ganze Zeit durchhält."

„Das kann ich schon erwarten, wenn jemand behauptet, mich zu lieben."

Er versuchte, sie in die Arme zu nehmen, doch sie stieß ihn zurück. Miles fuhr sich durch das Haar und blickte verzweifelt zur Decke hinauf. „Sieh mal, es tut mir leid, daß ich dich verletzt habe. Ich möchte dich heiraten. In den vergangenen vier Jahren habe ich nur an dich gedacht – ich habe nur etwas Dampf abgelassen. Ich liebe nur dich. Ich wußte, daß du warten wolltest, darum wollte ich dich nicht drängen."

„Und darum bist du einfach hingegangen und hast dir eine andere gesucht."

„Nein – nicht wirklich. Sieh mal, wir sind beide müde. Laß

uns morgen nochmal darüber sprechen, wenn wir ausgeruht sind."

Julia ging zur Tür und öffnete sie. „Nein. Machen wir uns nichts vor. Ich glaube nicht, daß ich dich noch einmal wiedersehen möchte."

„Wovon sprichst du? Willst du unsere Beziehung einfach so beenden?"

„Genauso einfach, wie du bereit warst, mit jemand anderem ins Bett zu gehen?" Ihr Tonfall war schneidend.

„Ich hätte es dir nicht erzählen sollen", meinte er kläglich.

„Nein, Miles ... du hättest es nicht *tun* sollen. Du meinst, es wäre besser, so etwas vor mir geheimzuhalten? Das ist genau das, was ich mir wünsche: ein Leben lang ständig geheime Verabredungen und Tuscheln hinter meinem Rücken."

„So etwas würde ich nie tun, Julia. Wenn ich mein Ehegelübde ablege, dann wird es für immer sein. Das schwöre ich. Es tut mir leid." Seine Niedergeschlagenheit besänftigte sie ein wenig.

„Bitte, Miles. Geh! Ich brauche Zeit, um über alles nachzudenken."

„Julia -" Er griff nach ihr, doch sie zog sich zurück.

„Gute Nacht, Miles."

Kapitel Vierzehn

Am folgenden Morgen überraschte Ben Tara, als sie gerade frisches Brot aus dem Ofen holte. „Guten Morgen!"

Seine tiefe Stimme erschreckte sie so, daß sie beinahe das Brot fallengelassen hätte. „Ben! Fährst du heute nicht raus?"

„Nee. Wir haben letzte Woche kaum etwas gefangen, und ich dachte, ich könnte eine Pause vertragen. Ich hatte so eine Idee ..."

„Nun, welche denn?" Tara beschäftigte sich damit, die Semmeln aus der Form zu nehmen.

„Ich dachte ... wir könnten es versuchen ... ich würde gern hören, was du meinst ... du kannst natürlich auch nein sagen -"

„Um was geht es denn, Ben?" Tara blickte ihn an.

Verlegen drehte er seinen zerknautschten Hut in den Händen. „Wir beide haben hart gearbeitet, seit wir Kinder waren. Noch nie in unserem Leben haben wir mehr als einen Tag in der Woche frei gehabt, und ich dachte, daß man so doch viel verpaßt. Gestern abend habe ich mich mit Trevor unterhalten. Er hat mir erzählt, was er schon alles von der Welt gesehen hat. Und da mußte ich denken, daß ich noch nicht einmal meinen eigenen Heimatstaat kenne. Ich bin in Acadia gewesen und weiter unten im Osten, doch es gibt noch eine Menge, das ich nicht gesehen habe. Ich möchte nicht, daß Mike genauso aufwächst. Und ich dachte, daß du vielleicht Lust hast, das mit uns gemeinsam zu tun."

„Was denn?" fragte Tara sanft.

„Nun, du könntest dir vielleicht für nächsten Sonntag nach der Kirche eine Aushilfe besorgen, die kocht und bedient – sonntags ist ja meistens nicht so viel los –, und vielleicht könnten wir drei dann mal auf Entdeckungsreise gehen."

„Ben DeBois, ich kann nicht glauben, daß du so etwas vorschlägst. Natürlich habe ich Lust dazu! Wo wollen wir beginnen?"

„Wir könnten zur Eierinsel segeln."

„Segeln! Das bedeutet, der Sommer steht wirklich vor der Tür. Komm, setz dich, ich gieße dir eine Tasse Kaffee ein, und wir essen eines dieser köstlichen Preiselbeertörtchen zusammen."

*

Der Lärm von Trevors Motorrad weckte Julia auf. Erst in den frühen Morgenstunden dieses Sonntags hatte sie die Schatten beobachtet, die sein Scheinwerfer an ihre Decke geworfen hatte, als er von seinem Abendausflug zurückkehrte. Anscheinend fuhr er schon wieder fort.

Sie rannte die Treppe hinunter, um ihn zu fragen, wo er hinfuhr, doch als sie unten ankam, war Trevor bereits auf der Straße. Keuchend stand sie in der großen Eingangshalle und blickte aus dem Fenster zu den offenen Toren hin. Sie setzte sich auf die unterste Treppenstufe und seufzte.

Warum zögere ich? Warum gebe ich Miles nicht nach, wenn er wirklich der Mann ist, mit dem ich den Rest meines Lebens verbringen soll? Ist das mit dem Sex für Gott wirklich so wichtig oder vielleicht nur einfach altmodischer Idealismus? Und warum renne ich wie ein liebeskranker Teenager hinter Trevor her?

Sie stützte ihren Kopf in die Hände und stöhnte laut.

Nachdem sie geduscht und gefrühstückt hatte, beschloß Julia, zum Leuchtturm hinüberzugehen. Seit ihrer Ankunft war sie nur wenige Male hinaufgeklettert, und sie konnte es kaum erwarten, wieder einmal hinzugehen. Endlich brauchte sie sich einmal nicht mit Renovierungsproblemen auseinanderzusetzen, und sie brauchte auch Miles nicht zu unterhalten. *Du hast dir einen freien Tag verdient,* sagte sie sich.

Sie ging hinaus in den diesigen Morgen. Das Wetter entsprach ihrer Stimmung. An Tagen wie diesem hatten sich die Schiffe während der frühen Morgenstunden und in der Nacht auf die Leuchttürme an den Küsten verlassen. Auf der Hütte war ein großes Nebelhorn installiert, mit dem die Leuchtturmwärter die Schiffe warnten, wenn die Seeleute das Signalfeuer einmal nicht sehen konnten.

Wo ist mein Leuchtfeuer? Wo ist mein Nebelhorn? Herr, du mußt mir meinen Weg zeigen.

Julia betrat den Leuchtturm. Als sich ihre Augen an die Dunkelheit gewöhnt hatten, ging sie zur Treppe, die durch die Fenster oben im Turm nur spärlich erleuchtet wurde. Sie stieg die einhundertachtzig Stufen hoch. „Puh! Ganz schön hoch!“ meinte sie zu sich.

Julia betrachtete die Wellen, die sich an den Felsen der Küste brachen. Dort draußen auf dem Meer war es sehr neblig, und Julia fragte sich, wie die Schiffe damals, als es weder Funk noch Radar gegeben hatte, überhaupt ihren Weg gefunden hatten. Ihr schien das ein halbes Wunder zu sein.

Sie zitterte vor Kälte und fragte sich erneut, wohin Trevor wohl gefahren war. Der Sonntag war sein freier Tag, doch nur selten verließ er das Anwesen. Er zog es vor, in seinem Häuschen zu bleiben und zu lesen oder mit ihr zusammen Möbelkataloge und Prospekte zu wälzen. Es war Mai, und die Rohre waren verlegt. Als nächstes mußten sie Fliesen und die Ausstattung für die neuen Badezimmer aussuchen.

Julia kämpfte gegen das Gefühl des Verlassenseins an. Wieder dachte sie an Miles. Wie auf ein Stichwort fuhr er gerade durch das große Tor und blieb vor dem Haus stehen. Sie beobachtete ihn, wie er hineinging, lief ihm aber nicht entgegen. Sein Anblick machte sie immer noch wütend.

Nach mehreren Minuten stürmte Miles aus dem Haus. Er bog um die Ecke, und Julia sah ihn wütend auf das Leuchtturmhäuschen zueilen. Sie fühlte sich wie eine heimliche Beobachterin. Nahm er etwa an, sie hätte sich in Trevors Arme geflüchtet, nachdem sie ihn abgewiesen hatte?

Hat er recht? Als ich gestern abend nicht einschlafen konnte, wäre ich zu Trevor hinübergegangen, wenn er zu Hause gewesen wäre?

Ihre Gedankengänge wurden durch Miles’ erbostes Rufen unterbrochen. „Julia? Julia? Bist du da oben?“

„Ich bin hier“, antwortete sie leise. Es war ihr egal, ob er sie hörte oder nicht.

„Julia? Warst du das? Bist du in Ordnung? Ich komme hoch."

Julia drehte sich wieder zum Fenster um und wappnete sich für die Begegnung mit Miles.

Keuchend stieg er die letzten Stufen hoch. „Da bist du ja! Ich habe mir Sorgen um dich gemacht. Hast du mich nicht kommen sehen?"

Sie antwortete nicht, sah ihn nicht einmal an. Er stellte sich hinter sie und nahm sie in die Arme. „Das ist ein Blick von hier, was? Wenn es nicht so neblig wäre, könnte man vermutlich kilometerweit sehen."

„Das ist der Zweck der Leuchttürme", erwiderte Julia kühl.

„Julia, es tut mir leid wegen gestern abend. Ich hatte kein Recht, dich so zu bedrängen. Aber kann ich denn etwas dafür, daß mein Verlangen nach dir so stark ist?"

Er drehte sie zu sich herum. „Bitte vergib mir, daß ich mich mit anderen eingelassen habe. Du bist immer meine wahre Liebe gewesen, und du hast recht, bestimmt war es falsch, meiner Leidenschaft nachzugeben. Sie haben mir nichts bedeutet. Ich wollte dich wirklich nicht verletzen. Ehrlich. Ich wollte dir nur helfen, deinen moralischen Grundsätzen treu zu bleiben, und eben nicht tun, was ich gestern abend doch getan habe – dich bedrängen und überreden. Julia, bitte vergib mir."

„Ich weiß nicht, Miles." Sie blickte ihn ernst an. *Das ist der Mann, den ich seit vier Jahren gewollt habe. Ich liebe ihn. Wirklich. Er versuchte nur, mir zu helfen. Er wollte mich doch nicht verletzen.*

„Vielleicht hilft dir das." Er kniete sich vor sie hin. „Julia Rierdon, willst du meine Frau werden?"

Julia riß schockiert die Augen auf. Wie lange hatte sie auf diesen Augenblick gewartet? Doch seine häßliche Eröffnung vom Vorabend verdarb ihr alle Freude daran.

Er holte ein Schmuckkästchen aus seiner Jackentasche und

öffnete es. Darin befand sich ein Ring mit einem riesigen Diamanten, umgeben von etwa zwanzig kleineren Steinen. „Ich trage ihn nun schon seit einem Jahr mit mir herum. Ich bin ein Narr gewesen, so lange zu warten. Du bist die klügste, schönste, großartigste Frau, die ich kenne. Ich möchte, daß du immer an meiner Seite bist."

Sie stand regungslos und blinzelte nur, als ob sie aus einem tiefen Schlaf erwacht war, und versuchte, sich in der Wirklichkeit zurechtzufinden.

„Ich denke, eine Hochzeit im August könnte schön sein. Hier ... in San Francisco ... wo du möchtest."

Immer noch schwieg sie.

„Julia?" Er rutschte unbehaglich hin und her.

Julia blickte von dem Ring in sein Gesicht und wieder zu dem Ring. *Das ist ein großer Augenblick* ... „Ich kann nicht."

„Was kannst du nicht?" Er wirkte besorgt.

„Ich kann dir jetzt keine Antwort geben."

Miles seufzte erleichtert auf. „Natürlich nicht. Wieviel Zeit brauchst du?"

„Ich weiß es nicht. Ich muß allein sein. Abstand gewinnen."

Seine Augenbrauen zogen sich zusammen. „Mir gefällt der Gedanke gar nicht, dich zu verlassen ... allein zu lassen." *Nicht, wo Kenbridge darauf wartet, in die Bresche zu springen.* „Wie lange brauchst du, Liebling? Ein paar Tage?"

„Nein, länger. Ich weiß es nicht. Laß mich einfach eine Weile allein, bitte. Wir haben vier Jahre gewartet. Wir wollen jetzt nichts überstürzen."

Miles erhob sich und klopfte sich den Staub von der Hose. Er lächelte sie ermutigend an.

„Trag den Ring, Julia", sagte er und steckte ihn an ihren Finger. „Ich komme bald zurück und hole mir deine Antwort."

Er küßte sie auf die Stirn, dann ging er zur Treppe und

blieb davor stehen. „Ich vertraue dir, Liebling." Miles lächelte sie noch einmal an und machte sich an den Abstieg.

Kapitel Fünfzehn

Julia stieg die Leuchtturmtreppe hinunter und trat ins Freie. Trevor war immer noch fort. Das Häuschen zog sie magisch an. Julia wußte, daß es falsch war, doch sie konnte dem Drang nicht widerstehen. Sie blickte sich um, dann ging sie zur Tür und drehte den Türknauf. Unverschlossen.

Trevor hatte seine vielen Kisten und die wenigen Möbelstücke ausgepackt, die am Vortag angekommen waren. Überall in seinem Zimmer standen Andenken von seinen Reisen. Sie ging vom Tisch zu seinem Regal und betrachtete seine Sachen mit dem Wunsch, mehr über ihren geheimnisvollen Angestellten zu erfahren. Da war ein Bowiemesser mit einem handgeschnitzten Griff, eine leuchtend bunte, gestrickte Kappe aus Südamerika … sogar ein weißes Baumwollhemd aus Ecuador. Sie mußte daran denken, daß Shane Donnovan vermutlich so etwas getragen hatte. Auf dem Waschbecken stand ein Rasierset mit der Aufschrift: „Taylor of Bond Street, London". Den Boden verschönerten einige sehr elegante Orientteppiche.

Neben der Tür standen Langlaufskier und handgearbeitete Schneeschuhe, auf einem Regal lagen eine Taucherbrille und ein Schnorchel. In der Nähe des Fensters entdeckte sie einen antiken Globus auf einem Holzgestell. Auf Trevors elegantem Bett im Empire-Stil lag ein Kaschmir-Überwurf.

Über den drei Fenstern waren handgearbeitete Gardinenstangen angebracht, die Trevor erst kurz zuvor in Portland bestellt hatte. Schwere Baumwollvorhänge fielen bis zum Boden herab. Zwischen den Fenstern standen ein Kaffeetisch und ein bequem aussehender, gepolsterter Stuhl. Sie nahm das Buch zur Hand, das er gerade las. *Die Geschichte des Leuchtturms.*

An den Wänden hingen Bilder von Trevor und seinen Freunden in der ganzen Welt: in der Wüste, in einem Dschungel, auf einem Berg; in Asien, Europa und Mittelamerika.

Sorgfältig betrachtete sie jedes Bild.

„Ich hätte nicht gedacht, daß Sie eine Schnüfflerin sind."

Sie wirbelte herum. „Ich ... ich ..."

„Ich habe vor dem Haus geparkt. Wollte Sie zum Mittagessen einladen. Haben Sie mich gesucht? Oder wollten Sie sich einfach einmal umsehen?"

Julia fand endlich ihre Stimme wieder. „Es tut mir leid. Ich habe keine Entschuldigung." Sie blickte zu Trevor auf und wartete darauf, daß er sie hinauswarf. Ihr Herz klopfte zum Zerspringen.

Trevor hängte seine Lederjacke an einen Haken neben der Tür. „Das ist schon in Ordnung, Julia. Ich freue mich, daß Sie an mir interessiert sind. Dachte, Miles hätte Sie vollkommen mit Beschlag belegt und Sie hätten keinen Blick mehr für mich übrig. Ich hätte sie sowieso gelegentlich hereingebeten."

Trevor blickte Julia eindringlich an. Ihr Gesicht war sehr blaß, was ihre dunkelblauen Augen noch größer erscheinen ließ. „Julia, geht es Ihnen gut? Sie sind so weiß wie die Wand."

Sie setzte sich auf die Bettkante. „Ich bin ein wenig verwirrt. Wo waren Sie?" fragte sie.

„In der Kirche. Es ist an der Zeit, daß ich mir das wieder angewöhne, wo ich mich hier in Oak Harbor so gut wie niedergelassen habe."

„Ich habe mich gefragt, ob Sie bei all ihren Reisen nicht vielleicht auf Ihre eigene ‚geistliche Reise' gegangen sind."

„In den vergangenen Jahren habe ich eine Menge Religionen kennengelernt – und den einen wahren Glauben gefunden."

Julia lauschte seiner Stimme und dachte, wie entspannt er sich zu bewegen und zu leben schien. Sie entdeckte eine abgenutzte Bibel in seiner Hand. *Hat er in der Bibel Frieden gefunden?* Julia war in diesem Augenblick alles andere als ruhig. „Ich muß auch wieder anfangen, in die Kirche zu gehen. Bei dem ganzen Rummel hier habe ich noch keine Zeit gefunden, mir eine Gemeinde zu suchen. Tara bat mich, sie diese Woche zu begleiten, doch da Miles hier war ..."

Abrupt wechselte sie das Thema. „Ihre Wohnung ist wundervoll. Sind Sie eine Art Indiana Jones in Verkleidung?"

Trevor lachte. „Nein. Nur ein aufmerksamer Sammler. Ich habe ein Auge für schöne Dinge. Darum fühle ich mich auch von Ihnen so angezogen." Er war wieder mal sehr direkt.

„Ich bin aber kein Sammlerstück."

„Nein. Das sind Sie nicht. Doch Sie sind mehr wert als alles, was sich in diesem Haus befindet. Ein Mensch kann keinen anderen Menschen besitzen, doch er kann ihn schätzen für das, was er ist."

Julia wendete sich ab. „Hatten Sie gestern abend eine heiße Verabredung?"

„Kann man sagen."

„Wann haben Sie Zeit gehabt, Frauen kennenzulernen?"

„Als Tara herausfand, daß Sie mit Beckley befreundet sind, ging sie daran, mich mit jeder alleinstehenden Frau in Oak Harbor bekannt zu machen – von denen gibt es drei in meinem Alter. Gestern abend war ich zum Abendessen bei ihr eingeladen, zusammen mit Ben und ... Sie können es sicher erraten: Auch eine der Junggesellinnen des Ortes war da.

Tara läßt Sie übrigens grüßen. Ich glaube, sie ist enttäuscht darüber, daß sie Sie nicht öfter sehen kann."

„Sind Sie sicher, daß *Tara* nicht an Ihnen interessiert ist? Vielleicht benutzt sie mich nur, um an Sie heranzukommen." Julias Stimme klang müde, ohne den üblichen neckenden Unterton. Trevor betrachtete sie neugierig. „Nein. Ich glaube, sie hat eine Vorliebe für Ben DeBois. Großartiger Bursche."

Julia blickte aus dem Fenster, während Trevor sie betrachtete und sich fragte, wie er sie erreichen könnte. *Warum ist sie hier?*

Ihre Hände lagen auf dem frisch gestrichenen Fensterbrett. Trevor ließ seinen Blick über sie hinweggleiten. Sein Herzschlag setzte aus, als er den Ring entdeckte. Er brauchte eine Weile, bis er sprechen konnte. „Also hat er die Frage endlich gestellt." Er zwang sich, seine Stimme fröhlich klingen zu lassen.

„Ja."

„Haben Sie schon ein Datum festgesetzt?"

„Noch nicht. Ich habe ihm noch nicht einmal geantwortet."

Trevors Herzschlag setzte wieder ein. „Wann erwartet er Ihre Antwort?"

„Wenn ich weiß, was ich ihm sagen werde."

„Wann kommt er zurück?"

„Ich weiß es nicht. Ich wollte Bedenkzeit haben. Einen Monat. Vielleicht länger."

„Wie kann ein Mann, der Sie gerade gefragt hat, ob Sie seine Frau werden wollen, Sie so lange allein lassen?"

„Er hat geschäftliche Verpflichtungen." Julia starrte auch weiterhin auf das Meer hinaus.

Trevor ging zu Julia hinüber und wollte sie in seine Arme ziehen, doch er ließ die Hände sinken. Bedauern packte ihn. Warum war er Julia nicht früher begegnet? Warum hatte Gott ihn nicht hierhergeführt, bevor die Beziehung zu Miles so weit fortgeschritten war? Und warum zog sie den Heiratsantrag eines solchen Mannes überhaupt in Betracht?

Er stellte sich neben sie und folgte ihrem Blick. „Wollen Sie ihn heiraten?“ Er zwang sich zu einem beiläufigen Tonfall.

„Ich weiß es nicht.“ Sie blickte zu ihm auf. Obwohl sie nicht dicht nebeneinander standen, machte seine Nähe sie nervös. „Ich habe vier Wochen, um mir darüber klarzuwerden.“ Warum konnte sie nicht dasselbe für Miles empfinden? *Wir waren uns so nahe ... fühlten uns so zueinander hingezogen, oder nicht?* Ihre Gefühle für Miles erschienen ihr blaß im Gegensatz zu dem, was sie für Trevor empfand. Doch Miles ... Miles würde immer für sie da sein.

„Wieso haben Sie nie geheiratet?“ fragte sie.

„Wollte nicht gebunden sein“, gab Trevor zurück. *Hatte die richtige Frau einfach noch nicht getroffen*, dachte er.

„Das dachte ich mir. Sie lieben Ihre Unabhängigkeit, nicht wahr?“

„Vielleicht.“ Sie trug den Ring eines anderen Mannes. Wie konnte er ihr sagen, was er wirklich empfand?

Kapitel Sechzehn

Die Ereignisse des Wochenendes hatten Trevor und Julia sehr zugesetzt. Mechanisch verrichteten sie ihre Arbeit. Doch nach drei Tagen konnte Trevor ihr Schweigen nicht mehr ertragen. Sie beschäftigten sich gerade mit der Frage der Badezimmerausstattung. Julia wollte rosa Waschbecken und eine Badewanne in der Form eines Löwenkopfes.

„Was? Sie sagen mir, mein Geschmack interessiere Sie nicht?“

„Nun, ich denke nicht. Wenigstens nicht, wenn es um meine Badezimmerausstattung geht.“

„Dann, schätze ich, wird Ihnen auch das nicht gefallen ...“

„Nein, Toilettendeckel mit Leopardenmuster sind nun wirklich unpassend ...“

„Denken Sie doch mal nach! Wir könnten Torchlight doch als Safari-Hotel ausstatten. Das wäre *die* Touristenattraktion.“

„Ja, und soo toll ...“ Sie blickte ihn an, und beide brachen in brüllendes Gelächter aus.

Julia wischte sich die Tränen aus den Augen und lächelte Trevor an. „Schätze, ich habe eine Abwechslung von meinen düsteren Gedanken gebraucht. Danke.“

„Kein Problem.“ Er stand auf. „Morgen müssen wir damit beginnen, die elektrischen Leitungen zu verlegen. Eine gute Woche harter Arbeit liegt vor mir. Was halten Sie davon, wenn wir heute abend essen gehen? Das geht auf meine Rechnung.“

„Auf Ihre Rechnung? So ein Angebot kann ich nicht ablehnen. Immerhin bezahle ich Ihnen ein kleines Vermögen.“

„Ja, richtig. Machen Sie sich fertig. Da, wo wir hinfahren, könnte es kalt sein.“

„Hmm, das scheint ja ein geheimnisvolles Abendessen zu werden.“

Trevor zog nur schelmisch die Augenbrauen hoch und ging zur Tür.

Zwei Stunden später kam er mit dem Motorrad beim Haupthaus vorgefahren. „Wollen wir nicht lieber den Wagen nehmen?“ fragte Julia vorsichtig.

„Kommen Sie schon, Sie Angsthase. Ich übernehme die Verantwortung.“

„Ich habe Sie fahren sehen, wissen Sie noch?“

Trevor lächelte sie nur an, als Julia hinter ihm aufstieg.

„Sind Sie schon mal Motorrad gefahren?“

„Nein. Ich wollte mein Leben nicht aufs Spiel setzen.“

„Passen Sie sich mir an, und überlassen Sie mir die Führung. Versuchen Sie nicht auszugleichen, wenn wir uns in die Kurve legen. Vertrauen Sie mir einfach.“

„In Ordnung. Wo ist mein Helm?“

Trevor reichte ihn ihr über die Schulter. Er legte ihr die Hand auf den Oberschenkel und hob ihn leicht an, damit sie merkte, wo sie die Füße hinstellen konnte. „Sie können sich an mir oder an der Stange hinter Ihnen festhalten.“ Seine Berührung hinterließ ein warmes Gefühl, so als hätte er einen Handabdruck auf ihrem Bein hinterlassen. Wie lange war es her, seit Miles' Berührung ihr ein solches Gefühl vermittelt hatte?

Trevor gab Gas. Er wählte die Schnellstraße am Meer entlang und fuhr so langsam, als hätten sie alle Zeit der Welt. Sich nur an der Stange hinter ihr festzuhalten war Julia nicht sicher genug. Vorsichtig legte sie ihre Arme um Trevor, der unter seinem Helm lächelte.

Frühling. Julia spürte die kaum wahrnehmbare Veränderung in der Luft. *„Ich denke, eine Hochzeit im August …“* Nur noch knapp drei Monate. Mit aller Macht verdrängte sie diesen Gedanken.

Sie wollte Trevor fragen, wo sie hinfuhren, doch die Helme und der Motorlärm machten dies unmöglich. Sie fuhren vorbei an dem kleinen Postamt Oak Harbors, vorbei an dem Warenhaus, an Taras Restaurant, und ließen die Stadt hinter sich.

*

„Hast du das gesehen?“

„Was?“ Tara blickte von Tisch fünf auf zu Ben hinüber, der am Fenster saß und mit Mike sein Abendessen einnahm.

„Julia ist endlich mit einem coolen Typen ausgegangen", meinte Mike.

„Mit wem?"

„Trevor Kenbridge", erwiderte Ben grinsend.

„Meinst du ..."

„Vielleicht entdeckt sie endlich das Gute, das vor ihrer Nase liegt", sagte Mike und blickte seinem Vater fest in die Augen.

„Vielleicht sollten wir keine voreiligen Schlüsse ziehen", erwiderte Ben und gab den Blick seines Sohnes zurück.

*

Zum ersten Mal seit Tagen fühlte sich Julia frei und zufrieden. Es schien Jahrzehnte her zu sein, seit sie die Verantwortung und die drängenden Entscheidungen das letzte Mal hinter sich gelassen hatte. Hier erwartete niemand etwas von ihr. Der Mann vor ihr war ein fröhlicher und unterhaltsamer Gefährte. Ein herrlicher Abend. Und bevor sie es wußten, würde der Sommer da sein. *Vielleicht ist das Gasthaus schon im Herbst fertig, und wir können es in Betrieb nehmen ...* Wieder verscheuchte Julia alle Gedanken an Miles. Sie war entschlossen, sich an diesem Abend zu amüsieren.

Nach etwa sieben Kilometern bog Trevor zu einer der vielen kleinen Buden an der Straße ab, wo man Hummer essen konnte. Er begrüßte den Koch und stellte ihn Julia als einen Freund von Ben DeBois vor. Der Mann hieß Walter, hatte die kräftige Gestalt und Persönlichkeit eines Fischers und sprach mit einem sehr starken Dialekt. Julia mochte ihn auf Anhieb.

Sie setzten sich an einen alten, verwitterten Picknicktisch, und Walter brachte eine rot-weiß karierte Papiertischdecke, zwei Plastiklätzchen, eine Schalenzange und zwei winzige Gabeln heraus, mit denen er den Tisch deckte. „Die Vorbereitung zur Schlacht", erklärte er. Dann ging er in die Hütte und kehrte mit einem Windlicht zurück.

Julia war hocherfreut. Seit ihrer Kindheit hatte sie nicht mehr in einer dieser kleinen Spelunken am Straßenrand gegessen, doch sie hatte viele wundervolle Erinnerungen an solche Familienfahrten zum traditionellen Hummeressen. Ihre Großeltern hatten diese „Hummerpicknicks" geliebt. Nach deren Tod hatten ihre Eltern diese Tradition vernachlässigt, doch Julia liebte diese Buden und ihren Geruch. Trevor hätte kein besseres Lokal auswählen können.

Walter öffnete einen riesigen Topf, um seinen Inhalt umzurühren. Ein köstlicher Duft stieg ihnen in die Nase. „Sie sind meine ersten Gäste in dieser Saison", sagte er zu Julia. „Ihr Mann hat mich zu einem privaten Abendessen für Sie überredet. Es wird noch eine oder zwei Wochen dauern, bis die Touristen regelmäßig kommen."

Julia errötete über Walters Irrtum wegen ihrer Beziehung zu Trevor, doch sie schüttelte ihre Verlegenheit schnell ab. „Fischen Sie jeden Tag? Und dann kochen Sie abends auch noch?"

„Genau. So kann man sich etwas dazuverdienen. Vor allem, seit der Hummer immer seltener wird. Man lebt nicht mehr so gut wie vor zwanzig Jahren."

„Sie müssen doch völlig erschöpft sein, wenn Sie nach Hause kommen."

„Nee. Ich beginne um drei Uhr morgens, komme gegen drei Uhr nachmittags zurück, schließe den Laden gegen neun und liege um zehn im Bett. Nicht schlecht. So kann ich auf dem Meer sein und gleichzeitig meiner Alten aus dem Weg gehen." Er lachte über seinen Scherz.

„Viele der Einheimischen sind von diesen Buden abhängig, weil sie sonst nicht über die Runden kommen." Trevor schien das Wohlergehen der Fischer, die auf dem Meer ihren Lebensunterhalt verdienten, am Herzen zu liegen. Sein Einfühlungsvermögen tat Julia gut. Sie mußte unwillkürlich daran denken, daß Miles sich wohl nie überwinden könnte, in einem solchen „Lokal“ zu essen.

Julia schloß die Augen und hörte zu, wie Trevor sich mit Walter unterhielt. Sie lauschte auf das Rauschen der Wellen, die sich unermüdlich an den Felsen brachen. *Romantisch.* Sofort verwarf Julia diesen Gedanken wieder.

Langsam öffnete sie die Augen und lächelte Trevor an, der neben dem offenen Feuer saß, über dem Walter ihr Abendessen kochte. In der Dämmerung betrachtete sie sein Grübchen im Kinn. Der Mann sah einfach unverschämt gut aus.

Mit strahlenden Augen suchte er ihren Blick und hielt ihn fest. Er schien wortlos mit ihr zu reden, doch Julia wendete sich ab. Sie wollte nicht zuhören.

Trevor setzte sich neben sie, damit sie beide aufs Meer sehen konnten. Kurze Zeit später stellte Walter zwei Teller mit Kartoffeln, Mais und einem ganzen Hummer hoch beladen vor sie hin. „Das sieht ja wundervoll aus!“ rief Julia. „Sie sind ein hervorragender Koch, Walter. Ich könnte das nie richtig zubereiten.“

„Ach, naja“, meinte er verlegen, „Sie haben es vermutlich noch nicht probiert. Doch es sieht wirklich gut aus, nicht? Mir hat schon immer das tiefe Rot eines gekochten Hummers neben dem gelben Mais und dem dunklen Seetang gefallen – das ist meine Idee. Kommen Sie im Sommer wieder, dann gibt es amerikanischen Mais. Sehr viel besser als dieses ausländische Zeug, das es in dieser Jahreszeit nur gibt.“

„Es ist ausgezeichnet“, versicherte sie ihm.

„Nun, ich werde Sie beide jetzt verlassen. Ruft einfach, wenn ihr etwas braucht. Ich werde mir drinnen das Baseballspiel ansehen.“

„Vielen Dank, Walter“, sagte Trevor. Er blickte Julia an und nahm sanft ihre Hand. Bei seiner Berührung setzte Julias Herzschlag aus. „Wollen wir beten?“

Sie fand ihre Fassung wieder. „Sicher“, erwiderte sie fröhlich.

„Vater, wir danken dir für diesen wundervollen Ort, für Menschen wie Walter und für dieses Essen. Danke, daß wir hier leben dürfen. Wir sind gesegnet, und wir nehmen dieses Geschenk aus deiner Hand. Amen.“

Julia öffnete die Augen und sah den aufgehäuften Teller vor sich. Ihre Hand kribbelte noch von seiner Berührung, doch sie versuchte, dieses Gefühl zu ignorieren. „Wie soll ich das alles nur schaffen?“

„Walter packt Ihnen den Rest bestimmt ein.“ Trevor brach sich eine riesige Hummerzange ab und knackte sie mit Hilfe eines der Werkzeuge, die Walter vor sie hingelegt hatte. Der Hummer war größer als alle, die Julia je in San Francisco gesehen hatte.

Die beiden redeten und aßen und redeten weiter, bis die Sonne am Horizont versank. Julia bemerkte kaum, wie die Zeit verflog. Um halb zehn kam Walter aus der Bude.

„Also, Leute, ihr könnt gerne so lange bleiben, wie ihr wollt, aber ich gehe jetzt nach Hause.“ Er schüttete einen Eimer Wasser auf die Asche unter dem riesigen, gußeisernen Topf. Zischend stieg der Dampf in die Nachtluft auf. Trevor stand auf, griff in seine Tasche und gab Walter ein Bündel Geldnoten, ohne es zu zählen. Julia fiel auf, daß auch Walter es nicht zählte.

„Danke, Freund“, sagte ihr Gastgeber. „Kommt im Sommer wieder, wenn es wärmer ist und der Mais besser.“

„Darauf können Sie sich verlassen, Walter. Es war ein großartiges Essen.“

„Freut mich, daß es euch geschmeckt hat.“ Er räumte den Tisch ab, und Julia stand stöhnend auf. „Nacht. War nett, Sie kennenzulernen, Julia. Tara erzählt nur Gutes von Ihnen.“

„Ich habe mich auch gefreut, Sie kennenzulernen, Walter. Noch einmal vielen Dank für das großartige Essen.“

„Das war doch nichts."

Zum ersten Mal bemerkte Julia, wie kalt es war. Als Trevor den Motor anließ, zögerte sie nicht, ihre Arme um ihn zu legen.

Trevor fuhr vor dem Haupthaus vor, um Julia absteigen zu lassen. Sein ganzer Körper zitterte vor Verlangen, sie in seine Arme zu nehmen und zu küssen, wie sie noch nie geküßt worden war. Er schluckte. *Sie trägt immer noch Beckleys Ring.*

„Danke für den großartigen Abend, Trevor."

„Ich danke *Ihnen*."

„Gute Nacht."

Er nickte, unfähig, auch nur ein Wort herauszubringen, und fuhr los zu seinem Häuschen.

Bitte, Gott, gib mir Geduld, wenn das, was ich empfinde, richtig ist. Und wenn nicht, dann mach es mir bitte bald klar.

Kapitel Siebzehn

Warm angezogen betraten Ben, Tara und Mike das Bootshaus. Das achtundzwanzig Meter lange Segelboot war Taras zweite Leidenschaft, neben ihrem Restaurant. Trotz des ungewöhnlich warmen Frühlingswetters war es noch sehr früh im Jahr für einen Segelausflug. Die drei hatten den Frühgottesdienst besucht, damit sie viel Zeit zur Verfügung hatten.

Die *Sea Maiden* – die ‚Meerjungfrau' – hatte den Winter über auf dem Trockendock gelegen, und Tara lächelte, als sie sie wiedersah. Es gab kaum etwas, das Tara mehr liebte als den Wind in ihrem Gesicht, die Sonne auf ihrem Rücken und die

Gischt des Ozeans auf ihrer Haut. Ihrer Meinung nach war dies der beste Ausgleich für das Kochen. Tara sah zu, wie Ben das Boot zu Wasser ließ.

„An Bord, Kameraden", meinte Ben und betrat als erster das Boot. Er reichte Tara seine Hand, um ihr hineinzuhelfen.

„Paß auf, wie du den Kapitän ansprichst", warnte sie.

„Aye, aye. Ich vergaß, daß es nicht mein Schiff ist."

„Daß das nur nicht noch einmal passiert." Die beiden tauschten ein Lächeln aus, verstauten ihre Sachen und begannen, das Boot klarzumachen.

„Warum müssen wir zu der Insel fahren?" beschwerte sich Mike. „Warum können wir nicht einfach nur segeln? Der Wind ist günstig heute – wir werden nur so über das Wasser fliegen."

„Seit dreißig Jahren fische ich nun schon in der Nähe der Insel. Ich finde, es ist an der Zeit, daß wir einmal nachsehen, was sich darauf befindet."

„Ja, Mike", fügte Tara hinzu. „Wir stellen uns vor, wir wären die ersten Siedler hier. Wir wollen die Insel erforschen."

„O Mann."

„Hiß das Segel, sonst wirst du ertränkt", drohte Tara.

Mike tat, was ihm aufgetragen worden war. Er war enttäuscht, daß man ihn überstimmt hatte.

„Mach dir nichts draus, Mike. Noch einen Sommer üben, und dann kannst du allein mit der *Sea Maiden* rausfahren. Die Mädchen werden hinter dir her sein, damit du sie mitnimmst."

„Die Vorstellung gefällt mir. Vor allem, wenn ich mit Jessica rausfahren kann."

„Vielleicht komme ich mit, als Aufpasser", neckte Ben.

„Dad ..."

„Okay, Jungs, los geht's." Ben und Mike ruderten die *Sea Maiden* aus dem Dock und setzten das Hauptsegel, während Tara am Ruder stand.

Sobald sie das Dock verlassen hatten, blähten sich die Segel, und los ging's. Es war ein herrlicher Tag. Der Geruch von Meerwasser stieg ihnen in die Nase, und sie drehten ihr Gesicht der Sonne zu, die sich alle Mühe gab, die kühle Frühlingsluft zu erwärmen.

Nach einer halben Stunde verschwand das Festland in der Ferne. Tara rief Mike zu sich, zeigte ihm die Richtung, in die sie fahren mußten und überließ ihm das Ruder. Vorsichtig kämpfte sie sich zum Bug durch, wobei sie sich an der Sicherheitsleine festhielt, um das Gleichgewicht nicht zu verlieren.

Sie setzte sich neben Ben und freute sich über die Gelegenheit, ihre Augen zu schließen und sich dem Schaukeln des Bootes hinzugeben. Ben starrte Tara an, betrachtete ihre Nase, ihre Wangen mit den Grübchen und ihr braunes Haar, das im Wind flatterte.

Sie trug Jeans und einen dicken, rostbraunen Pullover. Darüber hatte sie wasserfeste Hosen und eine Öljacke angezogen, um sich vor der Gischt zu schützen. Abwesend zog sie ihre Kapuze über und band sie unter dem Kopf fest. Ben genoß es, sie so vollkommen entspannt zu sehen.

Auf einmal öffnete sie die Augen. Sie lächelte ihn schelmisch an, dann schloß sie die Augen wieder.

Ben errötete und blickte über die Schulter, um zu sehen, ob Mike sie beobachtet hatte.

Er hatte.

„Warum guckst du mich so an?“ rief Ben.

„Wo soll ich denn sonst hingucken?“ erwiderte der Junge grinsend. „Du sitzt doch direkt vor mir.“

Darauf wußte Ben nichts mehr zu sagen. Er wendete den Blick ab und achtete darauf, daß er Tara nicht mehr so lange ansah.

*

„Land in Sicht!“ rief Tara eine Stunde später, als sie die Eierinsel zwischen einigen anderen Inseln erspähte. Entlang der Küste Maines befanden sich Hunderte von Inseln verschiedener Größe. Die Eierinsel gehörte zu den größeren Inseln, etwa vier Kilometer im Durchmesser.

„An der Südwestseite befindet sich ein natürlicher Hafen“, rief Tara Mike zu.

Er nickte. Innerhalb von zehn Minuten waren sie in das ruhigere Wasser der kleinen Bucht eingefahren. Ben wartete bis zur letzten Minute, um den Anker zu werfen, und beobachtete aufmerksam den Meeresgrund unter ihnen. Als er anzusteigen begann, warf er schnell Anker, während Tara das Segel einholte, um ihre Geschwindigkeit zu drosseln. Nach wenigen Metern kam die *Sea Maiden* zum Stehen.

„Ben, würdest du das Beiboot herunterlassen?“

„Sicher.“

„Mike, nimm die Rucksäcke.“

„Aye, aye.“

Zusammen kletterten Mike und Tara in das kleine Ruderboot, während Ben die Ruder befestigte. Sie waren nur etwa dreißig Meter vom Land entfernt, und Bens kräfige Ruderschläge brachten sie schnell an den steinigen Strand.

„Wohin?“ fragte Tara.

Ben holte eine Karte aus seiner Öljacke. „Hier steht, wenn wir zwanzig Meter nach Norden gehen, kommen wir auf einen Weg.“

Mike marschierte los. „Das stimmt!“ rief er. „Er ist ein wenig versteckt – wie ein Geheimgang!“ Er schob die dichten, knospenden Zweige zweier junger Ahornbäume beiseite und verschwand. Sein Vater und Tara folgten ihm dicht auf den Fersen.

Fünfzehn Minuten marschierten sie schweigend, ihren Blick fest auf den steilen Weg gerichtet. Als sie die Spitze eines besonders steilen Hügels erreichten, blieben sie stehen, um Atem zu holen. Mikes Lungen erholten sich schneller als die von Ben und Tara, und schon nach kurzer Zeit hatte er sich wieder in Gang gesetzt.

„Hier herüber!“ rief er.

Tara rollte mit den Augen. „Das nächste Mal lassen wir *ihn* alle Rucksäcke tragen, um den Ausgleich zu schaffen.“

„Das klingt gut.“

Tara erreichte Mike als erste. Sie schnappte nach Luft, als sie auf der Lichtung ankam. Schon Jahre war sie nicht mehr auf der Insel gewesen, und sie hatte vergessen, wie herrlich der Blick von hier oben war. Vor ihnen breitete sich das Meer aus, und dunkle Riffs ragten hier und da aus dem Wasser heraus. Der Himmel war strahlend blau, und flockige, weiße Wolken trieben sanft über ihnen dahin. Das Festland war nur als Schatten am Horizont zu sehen, neun Kilometer von ihnen entfernt.

„Toll, was?“ meinte Mike.

„Super“, erwiderte Tara. „Gut gemacht, Gott!“

„Das scheint mir der geeignete Ort für das Mittagessen zu sein“, schlug Ben vor.

Mike grinste, als sein Magen zustimmend knurrte.

Die drei genossen Taras herrliches Picknick – gebratene Krebse, die Ben am Tag zuvor gefangen hatte, frische Äpfel und Salat. Sie langten tüchtig zu, doch waren sehr darauf bedacht, sich noch etwas Platz für das große Finale zu lassen: Mikes Lieblingsspeise, den Pudding.

Sie unterhielten sich darüber, wie es wohl gewesen war, als die ersten Siedler herkamen und die Indianer vor ihnen. Sogar Mike beteiligte sich an der Unterhaltung.

„Warum heißt diese Insel eigentlich Eierinsel, Dad?“

„Das ist leicht zu erklären. Jahrelang kamen die Leute vom Festland hierher, um die Eier der Seevögel zu holen. Es dauerte nicht lange, bis die Zahl der Seevögel sich daraufhin drastisch verringerte. Die Leute jagten die Vögel sogar wegen ihrer Federn.“

„Sieht doch gar nicht mehr so schlecht aus", bemerkte Mike, der eine Möwe beobachtete.

„Schließlich wurde die Situation so schlimm, daß man das Eierholen verbot", erklärte Ben.

Als Tara den Nachtischbehälter öffnete, stieg ihnen der Duft von Sirup, Ingwer und Zimt in die Nase.

„Tara, du bist die Größte!"

„Nun, ich dachte, dies sei eine besondere Gelegenheit und so – du weißt schon."

„Wenn wir jetzt noch Eis dazu hätten ..." sagte Mike und leckte sich die Lippen.

„Da ist es schon!" meinte Tara lächelnd und holte einen Thermobehälter aus dem dritten Rucksack.

„Kein Wunder, daß du drei Rucksäcke für das Picknick brauchtest", meinte Ben. „Aber ich beklage mich nicht, ganz bestimmt nicht!"

„Das will ich meinen, Dad. Das ist das beste Essen, das ich seit Wochen zu mir genommen habe!"

„Hey! Du ißt doch fast jeden Abend bei mir", erwiderte Tara.

„Das soll keine Beleidigung sein. So ist es viel schöner als im Restaurant."

„Das stimmt", meinte sie und genoß erneut den Ausblick, den sie von hier oben hatten. Sie war glücklich, am Leben zu sein.

*

Nach dem Essen las Ben etwas aus der Geschichte der Insel vor. Danach machten die drei einen Spaziergang. Da diese Insel unter Naturschutz stand, durften Besucher nur für einen Tag herüberkommen. Es gab keine Häuser. Die Insel war ganz naturbelassen wie ein kleines Paradies.

Mike führte sie über den feuchten, schmalen Weg. Mehrmals mußten Tara und Ben sich gegenseitig stützen, wenn der Weg besonders unwegsam wurde. An der nordwestlichen Inselspitze kamen sie zu einer kleinen Landzunge, auf der sich Zugvögel sammelten, um die Köstlichkeiten zu genießen, die sie dort fanden.

„Seht nur!" rief Mike.

Ben und Tara sahen sofort, was er entdeckt hatte. Unter den Flußuferläufern, Regenpfeifern, Austernfischern und Möwen tummelten sich mehrere Papageientaucherpaare. Jahre zuvor hatten Ornithologen diese seltenen Vögel wieder auf der Insel angesiedelt. Da die Tiere immer auf der Insel brüteten, auf der sie selbst geschlüpft waren, hatten sich die Papageientaucher auf der Insel sehr stark vermehrt.

Ben ließ sich auf einem Steinhaufen nieder, um auszuruhen. Er lächelte Tara an, und seine Augen strahlten. „Seit Jahren habe ich Mike nicht mehr so glücklich erlebt."

„Mir tut der Ausflug auch gut. Vielen Dank, daß du mich gebeten hast mitzukommen."

„Ich würde es nicht anders haben wollen."

Ben ging weiter, bevor sie ihn um eine Erklärung dieser Bemerkung bitten konnte. Hinter der Landzunge stieg der Weg wieder an. Sie kamen zu dem sogenannten „Kathedralen-Wald" an der nordöstlichen Spitze der Insel. Hundert Jahre alte Rottannen erhoben sich aus dem feuchten, moosbewachsenen Waldboden. Ihre dicken Stämme milderten den Wind vom Meer her zu einer sanften Brise ab. Tatsächlich hatte man hier das Gefühl, sich in einer Kathedrale zu befinden.

„Ich verspüre beinahe den Drang, auf die Knie zu fallen." Bens Stimme war kaum lauter als ein Flüstern.

„Das kann ich dir nachempfinden", erwiderte Tara.

Mike führte sie weiter nach Süden. Ihn beeindruckten die Bäume nicht so sehr wie seine Begleiter. Schließlich öffnete sich der Wald zu einer wunderschönen grünen Lichtung hin.

Mikes Auftauchen überraschte drei Weißwedelhirsche. Sie hoben ihre anmutigen Köpfe und erstarrten. Mit aufgestellten Ohren suchten sie die Wiese nach einer Bewegung ab.

„Wie kommen die hierher?" flüsterte Mike kaum hörbar.

„Vielleicht sind sie herübergeschwommen oder von Siedlern hergebracht worden", flüsterte sein Vater zurück.

„Was ist los?" fragte Tara, als sie aus dem Wald kam. Die Hirsche erblickten sie und sprangen in den Wald zurück.

„Huch! Ich hab's vermasselt, was?"

Mike rollte mit den Augen und ging weiter, während Ben sie nur anlächelte. Am südöstlichen Ende der Insel fanden sie die Ruine eines Leuchtturms, der schon lange von den Wellen zerschmettert worden war. „Vermutlich hat er die Walfänger davor gewarnt hierherzukommen", überlegte Ben.

„Ich bin froh, daß der Leuchtturm von Julias Haus besser erhalten ist", meinte Tara.

Kapitel Achtzehn

In der folgenden Woche wurden Julia und Trevor eingeladen, mit Ben, Mike und Tara nach dem Frühgottesdienst eine Kajaktour zu machen. Julia war einverstanden. Sie schüttelte das unbehagliche Gefühl ab, daß sie und Trevor zusammen eingeladen wurden, als wären sie ein Paar. In Taras Restaurant trafen sie sich mit den anderen. Es war ein strahlend sonniger Tag, ähnlich wie in der Woche zuvor, nur noch etwas wärmer. Der Sommer stand vor der Tür.

Die Männer zwängten sich in einen Wagen, die Frauen in den anderen. So fuhren sie nach Süden zu den Schiffsdocks, wo auch die *Sea Maiden* vor Anker lag. Vor einem Bootsverleih hielten sie und stiegen aus ihren Fahrzeugen.

Im Innern betrachteten sie sich die Bilder, Broschüren und Ausrüstungsgegenstände, die die Wände zierten. „Ich habe so etwas noch nie gemacht", meinte Julia. „Ist das schwierig?"

„Nein", erwiderte der Angestellte. Sein junges Gesicht war gebräunt von den vielen Nachmittagen, die er bereits auf dem Wasser verbracht hatte. „Ich werde Ihnen alles erklären, wenn wir draußen sind. Folgen Sie einfach nur ihrem Instinkt. Es ist ganz leicht."

„Ich bin gespannt."

Sie erledigten den Papierkram und folgten dem jungen Mann vom Bootsverleih zum Dock hinter dem Laden. Dort waren zwanzig Kajaks in verschiedenen Farben festgemacht.

„Diese Kajaks kentern nicht so leicht", begann der junge Mann.

„Das ist ja beruhigend", meinte Tara.

Er fuhr fort. „Trotzdem, befestigen Sie die Laschen des Gummiüberwurfs an Ihrem Körper. Ziehen Sie sie fest, damit kein Wasser ins Boot eindringt. So bleiben Sie warm."

Sie wählten ihre Boote aus, und nachdem sie ihr Essen darin verstaut hatten und ohne Zwischenfall hineingeklettert waren, fuhren sie los. Freudestrahlend schwang Mike sein Paddel. Er wurde immer schneller. Seine Gefährten waren ihm dicht auf den Fersen. Sie verließen die seichte Bucht und fuhren nach Süden in Richtung Acadia-Nationalpark. Es war warm und windstill, ein ungewöhnlicher Tag für den Frühling.

Während Julia auf den Wellen dahinglitt, dachte sie über den Morgengottesdienst nach. Die Kirche war Anfang des neunzehnten Jahrhunderts im Stil der Kirchen des Nordostens gebaut worden: weißes Holz mit einer Glocke oben im Turm, die die Leute zum Gottesdienst rief. Julia erinnerte sich daran, wie sie als kleines Mädchen mit ihren Großeltern immer zu dieser Kirche gegangen war.

„Einen Dollar für Ihre Gedanken." Trevors Stimme riß sie aus ihren Überlegungen.

„Ich habe über die Kirche nachgedacht."

„Und was denken Sie?" Er paddelte langsamer, um sich ihrer Geschwindigkeit anzupassen.

„Es war großartig. Die Geschichte vom verlorenen Sohn ist immer wieder anrührend, aber heute ... Heute sah ich Gott beinahe vor mir, wie er mit ausgestreckten Armen auf mich wartet. Ich bin so gefangen gewesen in meinen Angelegenheiten – dem Umzug, der Arbeit im Haus. Manchmal vergesse ich, daß Gott eigentlich den ersten Platz in meinem Leben einnehmen sollte."

Trevor war gerührt von ihrer Offenheit. „Manchmal habe ich das Gefühl, als sei ich ein immer wieder verlorener Sohn – ich komme immer heim zu dem gemästeten Kalb, dann gehe ich wieder fort und verprasse mein Erbe. Wie gut, daß unser Gott ein Gott der Gnade ist."

Julia nickte. „Es tut gut, nach Hause zu kommen. Hier möchte ich bleiben." Sie lächelte Trevor an.

Die Kajaks glitten mühelos durchs Wasser.

Trevor begann, ein wenig schneller zu paddeln. Julia hatte Mühe, mit ihm Schritt zu halten. Trevor grinste sie an. Der Rhythmus des Paddelns entspannte sie. „Das war genau das, was ich brauchte", sagte sie zu Trevor, als sie etwas langsamer wurden.

„Ich auch. Großartig, nicht?"

„Wunderbar."

Er genoß es, sie zu betrachten. Ihr blondes Haar flatterte im Wind, und ihr Gesicht war von der Frühlingssonne und der Anstrengung gerötet.

Sie fuhren den Schoodic Point entlang, wo große, vom Wasser ausgewaschene Felsen die Vormittagssonne reflektierten. Nach einer kleinen Pause und einem Imbiß ging es weiter zur Mount-Desert-Island, dem Herz des Nationalparks.

Es waren nur wenige Touristen dort, und die fünf erklärten den Park zu ihrem privaten Paradies. Das Mittagessen nahmen sie in dem Salzwasserfjord von Frenchman Sound ein. Sie ließen sich von den sanften Wellen treiben, die vom Meer hereinkamen. Auf jeder Seite erhoben sich hohe Felsen. An manchen Stellen waren die Felsen vom Wasser glattgespült worden. Andere wiederum waren rauh und drohend. Birken, Buchen, Eichen und Ahornbäume unterbrachen immer wieder die dunklen, dichten Tannen- und Fichtenwälder, die sich an der Küste entlangzogen.

*

Den restlichen Tag verbrachten sie damit, die unzähligen Landzungen, Höhlen und Buchten zu erforschen. Julia ruhte sich ein wenig aus und fragte sich, wie sie den Rückweg schaffen sollte, als sie auf einmal ein Platschen hörte und kaltes Salzwasser sich über sie ergoß.

Trevor war schon an ihr vorbeigepaddelt. „Zeit, nach Hause zu fahren, würde ich sagen." Er tauchte die Paddel tief ins Wasser ein, als Julia erschreckt aufschrie.

Julia war entschlossen, ihn nicht so einfach davonkommen zu lassen. Sie hielt mit ihm Schritt, konnte ihn zwar nicht überholen, ließ sich aber auch nicht abhängen. Er war stärker als sie, und seine Paddel tauchten tief ins Wasser ein, doch er war auch schwerer.

Weiter ging es mit unverminderter Geschwindigkeit. Sie waren ziemlich erschöpft, als sie wieder an Schoodic Point vorbeikamen.

Mit einem kräftigen Zug tauchte Trevor sein Paddel tief in das Wasser auf der Steuerbordseite ein. Er hob es an, um auf Backbord weiterzupaddeln. In diesem Augenblick löste sich sein rechtes Plastikpaddel von der Metallstange und trieb davon.

Julia lachte und fischte das Paddel auf. Mit einem schelmischen Grinsen im Gesicht paddelte sie auf ihn zu.

„Ich habe da ein Problem!" rief er.

„Das haben Sie!"

Trevor versuchte, sein Ruder wie ein Kanupaddel zu benutzen, doch es ging nicht. Sekunden später war Julia an seiner Seite. Sie zielte mit ihrem Paddel, während er resignierend als bereitwilliges Ziel seine Arme ausbreitete. Das Paddel traf genau und bespritzte ihn von oben bis unten mit Wasser.

Julia lachte, während das Wasser über seine Stirn hinunterlief und sein Hemd durchnäßte. Er stimmte in ihr Gelächter ein und schüttelte sich das Wasser aus den Haaren.

Sie paddelte neben ihn, so daß ihre beiden Boote aneinanderstießen, und gab ihm das Paddel.

„Legen Sie sich nicht mit Ihrer Chefin an", meinte sie vergnügt.

Seine Augen bohrten sich in ihre, und alles in ihm schrie danach, sie zu küssen, trotz der Tatsache, daß sie dann vermutlich beide im eiskalten Wasser landen würden. *Ich kann nicht mehr lange warten!* dachte er.

Was ihn letztlich davon abhielt, war allein die Tatsache, daß die Kajaks der anderen dicht hinter ihnen waren.

Kapitel Neunzehn

„Denken Sie, es wäre möglich, hier etwas Ordnung hineinzubekommen, bevor mein Bruder und seine Frau kommen?" fragte Julia Trevor.

In wenigen Tagen wollten Jake und Emily kommen, und

es schien, als ob jede Mauer, jede Decke und jeder Quadratmeter Fußboden in dem alten Haus aufgerissen seien. Trevor und drei ortsansässige Elektriker verlegten gerade die Leitungen und statteten das Haus für die modernen Geräte aus.

„Wir tun unser Bestes, Julia. Das ist eine große Sache", erwiderte Trevor.

„Ich will ja nicht drängen. Ich weiß, daß Sie hart arbeiten. Aber Jake war noch ein kleines Kind, als er das letzte Mal hier war. Er weiß nicht einmal mehr, wie das Haus überhaupt aussieht. Und Emily hat es natürlich noch nie gesehen. Es wäre schade, wenn dieses Durcheinander ihr erster Eindruck von dem Haus wäre."

„Nach dem, was Sie mir erzählt haben, ist Ihr Bruder viel zu nett, um ein vorschnelles Urteil zu fällen. Sie haben ihnen doch gesagt, daß das Haus Katastrophengebiet ist, oder?"

„Natürlich. Doch es ist ihre verspätete Hochzeitsreise. Seit ihrem Hochzeitstag sind sie von der Ranch in Montana nicht mehr fortgekommen. Ich glaube auch nicht, daß sie jetzt gekommen wären, wenn Emily nicht darauf bestanden hätte, daß Jake endlich mal seine einzige Schwester besucht. Sie mußte ihn sehr bedrängen. Ich wußte doch, daß ich sie aus irgendeinem Grund gleich mochte ..."

Trevor lächelte sie von seiner Leiter aus an und wendete sich dann wieder seiner Arbeit zu, unter den vielen Tapetenschichten die alten Leitungen zu suchen.

Er blickte noch einmal über die Schulter. „Wir werden sehen, was wir tun können, Julia. Vielleicht sind wir bis dahin wenigstens mit dem Herausreißen der alten Leitungen fertig. Doch keinesfalls werden wir die neuen vor nächster Woche verlegt haben. Sie müssen sich einfach mit dem zufriedengeben, was da ist."

„Na gut. Tun Sie, was Sie können."

„Wie immer."

Sie wurden von der Türglocke unterbrochen, die nicht

mehr aufhörte zu läuten, weil sie sich wie immer verklemmte. Julia rannte zur Tür, öffnete sie und schlug dreimal auf den Klingelknopf, bis er sich endlich löste. „Es tut mir leid", meinte sie lächelnd zu Tara. „Wie du siehst, gibt es hier immer noch viel zu tun."

„Du hättest mir erlauben sollen, das Mittagessen mitzubringen."

„Unsinn. Du mußt doch sowieso schon das Gefühl haben, daß du nichts anderes tust, als für andere zu kochen. Ich dachte, es sei an der Zeit, daß jemand mal für dich kocht."

„Als du dich damals auf dem Barhocker niedergelassen hast, war mir klar, daß wir Freundinnen werden würden", meinte Tara. Sie trat ein und sah sich um. „Ich wußte nicht, daß ihr den alten Kasten zerstören wollt. Ich dachte, ihr wolltet ihn *reparieren*."

„Es ist halt manchmal Zerstörung erforderlich, um etwas Neues zu schaffen. Komm mit in die Küche. Das ist der einzige Raum, der bereits über einigermaßen intakte Leitungen verfügte. Da ist das Chaos also nicht ganz so groß. Sie ist mein Zufluchtsort." Als sie zu dem großen blau-weißen Raum gingen, ertönte auf einmal ein lautes Poltern. Unterdrücktes Fluchen war von oben zu hören. Julia eilte zum Treppenabsatz und rief zu den Elektrikern hoch: „Ist etwas passiert?"

Ein Mann im Arbeitsanzug erschien an der Treppe und blickte sie grinsend an. „Alles in Ordnung. Mack hat nur Tara angestarrt und ist vor Entzücken von der Leiter gefallen."

Julia lächelte hoch. „Sagen Sie, das sei die gerechte Strafe dafür, daß er meine Freundin anstarrt, während ich ihn bezahle."

„Das werde ich."

Julia grinste Tara an, die das Gespräch von der Küchentür her mit angehört hatte. „Du bleibst besser in der Küche. Ich kann es mir nicht leisten, daß die Männer dich anstarren und sich verletzen."

„Was kann ich tun? Ich muß sie schon mit einem Stock von mir abhalten.“

„Das Leben ist hart.“

„Was gibt's zum Mittagessen?“

„Krabbensalat. Ist das in Ordnung?“

„Klingt prima.“

Julia holte zwei Teller mit Salat aus dem Kühlschrank und einen Laib frisches Weißbrot aus der Speisekammer. Sie und Tara schnitten sich jeder eine Scheibe ab und aßen es ohne Butter zu ihrem Salat.

„Ich bin froh, daß du heute kommen konntest, Tara“, meinte Julia. „Ich wollte gern, daß du siehst, was wir hier treiben. Wenn mich die Arbeit nicht so gefangennehmen würde, würde ich öfter in die Stadt kommen und dich besuchen.“

„Nun, sobald es hier etwas ruhiger wird, erwarte ich, dich häufiger zu sehen.“ Tara nahm eine Gabel voll Salat, kaute und schluckte. „Dein Krabbensalat schmeckt prima. Falls du mit diesem Hotel keinen Erfolg hast, kannst du zu mir kommen und mir im Restaurant helfen.“

„Vielleicht muß ich wirklich im Sommer einen Job annehmen, wenn das Haus weiterhin so viel Geld auffrißt.“

„Das kann ich mir vorstellen. Zum Glück hast du ja einen gutaussehenden und talentierten Aufseher angestellt.“

„Ja, er ist wirklich ein Segen. Ich weiß gar nicht, was ich getan hätte, wenn du ihn mir nicht geschickt hättest.“

„Das glaube ich.“

„Tara ...“

„Oh, jetzt erzähl mir bloß nicht, da wäre nichts zwischen euch! Ich habe doch gesehen, wie ihr zwei euch anseht.“

Julia schnitt Tara ein Gesicht. „Nein, da läuft wirklich nichts.“

„Warum nicht?“

„Wie bitte? Hast du vergessen, daß ich mich letzten Monat

mit Miles verlobt habe? Warum sollte ich dann etwas mit einem anderen Mann anfangen?"

Tara blickte Julia fest an. „Ich weiß nichts davon, daß du Miles angerufen hättest, um ja zu sagen."

„Nein, das habe ich auch noch nicht. Aber ich trage seinen Ring."

„Es besteht immer noch Hoffnung."

„Tara! Du kennst mich doch erst so kurz. Wieso denkst du, Miles sei der Falsche?"

„Ich weiß nicht, ob Miles der Falsche für dich ist. Es ist nur, Trevor ..." Taras Blick wanderte zur Tür. „Trevor scheint so *richtig* für dich zu sein. Es ist, als ob ihr zwei füreinander geschaffen wärt, und alle außer dir sehen das."

„Nun, ich glaube nicht, daß er so interessiert an mir ist, wie du denkst."

„Ach nein?"

„Tara Waverly, falls du etwas weißt, das ich erfahren sollte, dann erzählst du es mir besser."

„Tut mir leid. Ich bin nur zu einem freundschaftlichen, kleinen Mittagessen hier und habe keine Lust, mich in eine Dreiecksgeschichte einzumischen."

Julia stützte den Kopf in die Hände. „Sag nicht so etwas. Trevor und ich sind nur Freunde."

„In Ordnung. Aber ihr seid die freundlichsten Freunde, die ich je gesehen habe."

Kapitel Zwanzig

Julia und Tara beendeten ihr Mittagessen und beschlossen, ihren Kaffee oben im Leuchtturm zu trinken. Tara strahlte. „Seit Monaten bin ich nicht mehr oben gewesen!"

„Ich habe dir ja gesagt, du kannst jederzeit herkommen."

„Ich weiß, ich möchte nur nicht in deine Privatsphäre eindringen."

„Sei doch nicht blöd! Komm, wann immer du Lust hast. Du kannst ja vorher anrufen, wenn dir wohler dabei ist."

Sie betraten das Gebäude und stiegen die Stufen hoch. „Das nächste Mal bringe ich eine Sauerstoffflasche mit", meinte Tara keuchend.

Julia lächelte ihre Freundin an. Sie war so lebendig; man mußte sie einfach mögen.

„Und, hast du mittlerweile mehr über die Rückkehr deines Ururgroßvaters herausgefunden?" Tara interessierte sich genauso für Annas Tagebücher wie Trevor. Julia hielt sie beide auf dem Laufenden über die weitere Entwicklung. Manchmal las sie Teile daraus laut vor; sie hatten dann das Gefühl, Augenzeugen der Geschichte zu sein. Julia freute sich darüber, daß ihre Freunde ihre Leidenschaft für die Tagebücher teilten.

Sie nahm einen Schluck aus ihrer Kaffeetasse und blickte aufs Meer hinaus. Es war sonnig, doch für die Jahreszeit recht kühl.

„In letzter Zeit habe ich viel in Annas Tagebüchern gelesen."

„Mit Trevor zusammen?"

„Mit ihm und ohne ihn."

„Und was ist passiert?"

„Shane kam zurück. Doch er hatte nicht so viel Geld verdient, wie er gedacht hatte. Statt mit Gold in der Tasche kam er mit wilden Ideen in bezug auf den Bau schnellerer Schiffe zurück – Ideen, die, wie wir heute wissen, der Familie ein Vermögen gebracht haben. Doch da sie in einer winzigen Wohnung lebten, fiel es Anna schwer, ihn in seinen Träumen zu bestärken."

Julia starrte auf die Wellen, die sich an den Felsen brachen. „Trotzdem versuchte sie nicht, ihm seine Ideen auszureden und ihn dazu zu bringen, eine richtige Arbeit anzunehmen, sondern sie ließ ihm Zeit, darüber nachzudenken. Sie war der Meinung, daß Ideen noch kein Geld kosten, sondern erst ihre Ausführung."

„Ich hätte vermutlich gesagt: ‚Liebling, such dir eine Arbeit!'" warf Tara ein.

„Ich auch. Doch Anna ließ es zu, daß Shane in der ganzen Wohnung Linien zog, die Schiffsplanken darstellen sollten, bis er wieder auf Reisen ging, damit sie die Rechnungen bezahlen konnten. So lebten sie monatelang ... Aus den Monaten wurden Jahre, in einer winzigen Ein-Zimmer-Wohnung, während mein Ururgroßvater versuchte, einen Investor zu finden.

Doch Anna hielt durch. Sie sah das Funkeln in seinen Augen und seine Leidenschaft für das Meer. Sie wußte, daß er klug war, sehr klug, und sie vertraute ihm. Und sie liebte ihn so sehr, daß sie ihn seinen Träumen folgen ließ. Ich bewundere sie sehr – und ihre Liebe."

„Wie weit bist du gekommen?"

„Shane war unterwegs, als Anna ihr erstes Kind gebar. Das Baby steckte sich mit einer dieser Seuchen an, die in jenen Armenvierteln kursierten. Kannst du dir das vorstellen? Verzweifelt versuchte Anna, ihr Kind in diesen eisigen Temperaturen am Leben zu erhalten, während sie sich gleichzeitig fragte, ob ihr Mann jemals nach Hause zurückkommen würde. Sie war in einem fremden Land, sehr weit von ihrer Familie entfernt. Wie einsam muß sie gewesen sein, wie verzweifelt. Ich glaube, daß Gott den Menschen damals besonders viel Kraft gegeben hat."

Tara starrte aufs Meer hinaus. Sie war von der Geschichte der Donnovans genauso gefesselt wie Julia. „Doch er kam wieder nach Hause. Er kam nach Hause, fand einen Investor, machte ein Vermögen und baute dieses Haus."

„Ja. Doch zuerst starb ihr erstes Kind. Shane kehrte zurück und mußte feststellen, daß seine Tochter, die er nie kennengelernt hatte, bereits seit zwei Monaten unter der Erde lag. Und auch Anna war dem Tode nahe. Er schwor sich, daß er sie nie wieder so lange allein lassen würde. Wie durch ein Wunder erholte sie sich, und sie trauerten gemeinsam um ihr totes Kind. Glücklicherweise wurde Anna zwei Monate später erneut schwanger. So weit bin ich gekommen."

„Eine solche Liebe wünsche ich mir, eine solche Hingabe", meinte Tara einfach.

„Ja", stimmte Julia zu, die sich in der hundertfünfzig Jahre alten Geschichte verlor. Nach einer Weile kehrte sie in die Gegenwart zurück. „Was ist mit Ben?" fragte sie vorsichtig.

„Ach, dieser Kerl braucht einen Schlag auf den Kopf, damit er die Frau sieht, die direkt vor seinen Augen steht. Wenn er nur endlich seine Trauer um Sharon überwinden könnte, hätte ich vielleicht eine Chance. Im Augenblick sieht es nicht gut aus. Doch ich gebe die Hoffnung nicht auf. Als wir vor zwei Wochen segeln gingen, hatten wir einen phantastischen Tag. Doch im Dock angekommen, hatte Ben die Mauern um sich herum bereits wieder aufgerichtet. Die Kajaktour nach Acadia war auch schön, doch er hat mich nicht so nah an sich herangelassen wie an dem Tag, als wir segeln gingen."

„Wie ist Sharon umgekommen?" fragte Julia leise. „Ich weiß, daß sie deine Freundin war."

„Ein Unglücksfall. Ben war draußen beim Fischen, und Sharon ging segeln. Sie wurde von einem Sturm überrascht und kam nicht zurück. Es war schrecklich. Mike war damals gerade fünf Jahre alt. Doch das ist jetzt schon zehn Jahre her! Sharon würde wollen, daß es weitergeht. Ich liebe die beiden ganz schrecklich, doch ich kann einfach nicht zu Ben durchdringen."

„Warum muß die Liebe nur so schwer sein?" fragte Julia.

„Ich weiß auch nicht. Ich würde sagen, wenn manche Männer nicht so nett wären, würde ich auf den ganzen Beziehungskram pfeifen." Sie erblickte Trevor, der gerade zu seinem Häuschen ging. „Du kannst mir nicht erzählen, daß du dich nicht von Trevor angezogen fühlst."

„Ich muß zugeben, er besitzt eine Ausstrahlung, die mich manchmal in seinen Bann zieht. Doch ich bin einfach nicht überzeugt davon, daß es mehr ist als eine Schwärmerei oder Grund genug, die Entscheidung für Miles aufzuschieben.

Trevor ist nur auf der Durchreise. Ich kann keinen Nomaden lieben! Miles ist sicher. Das Leben mit Trevor könnte mir eine Überraschung nach der anderen bescheren. Wie kann ich wissen, ob er länger als vielleicht ein Jahr bei mir bleiben will?" Sie seufzte. „Meine ganze Zukunft hängt von dieser einen Entscheidung ab."

„Ist es nicht seltsam, daß die Entscheidungen eines Menschen nicht nur sein eigenes, sondern auch das Leben vieler anderer Menschen beeinflussen? Nehmen wir einmal an, du heiratest Miles; ihr zwei lebt eine Zeitlang hier, dann wird es ihm zu langweilig, und ihr zieht wieder nach San Francisco, wo es ihm besser gefällt. Vielleicht habt ihr Kinder, vielleicht auch nicht. Oder ... du heiratest Trevor und verbringst dein Leben hier in Oak Harbor. Deine Tochter verliebt sich in einen älteren Mann – meinen Stiefsohn Mike DeBois, der in ihrer Nachbarschaft wohnt. Sie nennt mich ‚Tante Tara', und das ist ein ganz natürlicher Vorgang. Du und ich, wir sind natürlich hocherfreut, denn dann werden wir eine Familie sein ..."

Julia brach in Gelächter aus. „Du hast wirklich eine blühende Phantasie."

„Ich meine es ernst, Julia. Du mußt daran denken, welchen Einfluß so etwas auch auf andere hat. Denk nur: Wenn du nicht nach Oak Harbor gekommen wärst, hätte ich nie angefangen, an meinem Kochbuch zu arbeiten. Ich hätte es nie auch nur in Betracht gezogen."

„Hast du schon etwas fertig, das wir einschicken können?" fragte Julia.

„Ich habe zehn ausformulierte Rezepte, einen Abriß von hundert weiteren und einige Zeichnungen fertig zum Verschicken. Jetzt brauche ich nur noch deine Verbindungen."

„Tara, das ist ja toll! Du hättest früher etwas sagen sollen. Komm, laß uns den Brief schreiben und ihn noch heute abschicken. Ich werde als deine Agentin fungieren."

„Okay, nach Ihnen, Frau Agentin."

Kapitel Einundzwanzig

Nach ihrem gemeinsamen Mittagessen nahm Julia sich fest vor, mehr Zeit mit Tara zu verbringen. Sie war so erfrischend natürlich und eine willkommene Abwechslung zu ihren etwas versnobten Freunden in San Francisco.

Innerhalb von einer Woche schickte der Verleger, ein Freund von Julias Vater, per Express einen Antwortbrief. Den Vertrag hatte er gleich beigefügt. Sofort eilte Tara zu Julia hinüber, um die Neuigkeit zu berichten.

Sie klopfte laut an die Tür, und als niemand öffnete, drückte sie widerstrebend auf die Klingel. Julia kam die Treppe heruntergerannt, riß die Tür auf und schlug dreimal auf den Klingelknopf. Das Läuten verstummte.

„Tara, du solltest es doch besser wissen ..."

„Ich habe versucht zu klopfen! Ich habe phantastische Neuigkeiten! Sie wollen mein Kochbuch!" Ungeachtet ihrer schmutzigen Kleidung umarmte Tara die Freundin stürmisch. „Das verdanke ich nur dir! Vielen Dank."

„Tara, ich freue mich so für dich! Ich kann nicht glauben, daß sie so schnell einen Vertrag geschickt haben! Normalerweise dauert das Monate. Sind wahrscheinlich die Bohnen gewesen."

„Ich kann es auch kaum glauben."

„Aber ich wußte ja, daß du es schaffen wirst. Jetzt komm herein und erzähle mir alles. Es ist sowieso Zeit für eine Pause."

Die beiden gingen in die Küche, wo Julia den Teekessel auf den Herd stellte und das Gas anzündete. „Und nun erzähl."

„Also, der Freund deines Vaters war ganz begeistert von den Bohnen. Ich soll das Kochbuch schreiben und auch selbst illustrieren! Sobald es fertig ist, soll ich nach New York kommen und es persönlich hinbringen. Dort werde ich auch ihren Werbemanager kennenlernen. Sie sind der Meinung, das Ganze würde viel Aufmerksamkeit erregen, da ich ein kleines Lokal habe – hier, ich lese es dir vor ..." Sie holte den Brief aus der Tasche. „‚Da Sie erfolgreich ein Restaurant in einem so malerischen Städtchen führen, wollen wir gern vor Ort einige Photos machen. Nach Veröffentlichung Ihres Buches besorgen Sie sich bitte eine Aushilfe für Ihr Restaurant. Wir werden einige Reisen für Sie arrangieren, damit Sie Ihr Buch vorstellen können. Rechnen Sie damit, mindestens einen Monat unterwegs zu sein und einige Großstädte zu besuchen.'"

Tara blickte Julia an. „Einige Großstädte! Noch nie bin ich über Boston hinausgekommen!"

Julia lächelte sie an. Sie freute sich über die guten Neuigkeiten. „Wie du gesagt hast. Ist es nicht seltsam, welche Auswirkungen ein einziger Schritt haben kann? Denk bloß an Ben! Dies könnte ihn ein wenig aufrütteln und ihm die Augen öffnen. Eine attraktive, lebensfrohe, talentierte Frau, die die Königin der Köche werden wird!"

Zwei Tage später ging Julia in die kleine Ortsbücherei, um ein Buch über die Renovierung von Eigenheimen zurückzugeben. In der umfangreichen Bibliothek in ihrem Haus gab es fast ausschließlich alte Klassiker. Sie betrat das Gebäude – und erblickte Trevor.

Er saß an einem alten Eichentisch und starrte gedankenverloren das Porträt von Anna an. Sein Buch lag unbeachtet vor ihm.

„Ich dachte, Sie würden Einkäufe erledigen", sagte sie leise.

Erschrocken fuhr er zusammen. Er kämpfte gegen seine Verlegenheit an, beschloß jedoch, es sei besser, den Stier bei den Hörner zu packen. „Bemerkenswert, diese Familienähnlichkeit."

Julia blickte zu dem Porträt ihrer Ururgroßmutter auf. Das Bild zeigte sie am felsigen Strand stehend, den Blick aufs Meer gerichtet.

Julia riß sich von dem Bild los. „Was tun Sie hier?"

„Ich informiere mich – elektrische Systeme und so. Haben Sie den Kostenvoranschlag für die Heizungs- und Installationsarbeiten schon gesehen?"

„Ich wage kaum, danach zu fragen."

„Über zwanzigtausend Dollar."

„Das habe ich mir gedacht. Sie haben gut geschätzt. Ich fahre jetzt zurück. Wenn ich gewußt hätte, daß Sie etwas brauchen, hätte ich es Ihnen mitbringen können."

„Das ist schon in Ordnung. Wir sehen uns zu Hause."

Er blickte ihr nach, als sie hinausging, dann wanderte sein Blick wieder zu dem Bild. Nie hätte Trevor seinen Vorwand aus der Hand gegeben hierherzukommen, um ungestört ein beinahe vollkommenes Ebenbild Julias betrachten zu können.

*

Zehn Tage vor Miles' Rückkehr reisten Julias Bruder Jake und seine Frau Emily an. Julia sah ihren Wagen durch das Tor fahren und rannte aufgeregt an Trevor vorbei, um sie zu begrüßen.

Jake parkte seinen funkelnagelneuen blauen Ford vor dem Haus. Strahlend sprang er aus dem Wagen und umarmte seine Schwester. Lachend wirbelte er sie herum. „Du wirst mit jedem Mal schöner, Schwesterherz."

Sie lächelte ihn an. „Es ist so schön, dich zu sehen, kleiner Bruder." Julia wendete sich Emily zu und nahm sie in die Arme. „Emily, du siehst toll aus. Die Ehe bekommt dir anscheinend sehr gut!" Sie hielten sich lange in den Armen. Schließlich holten sie das Gepäck aus dem Wagen und brachten es ins Haus.

Trevor öffnete die Tür. Jake stellte den Koffer ab und schüttelte ihm die Hand, nachdem Julia sie miteinander bekanntgemacht hatte. „Trevor, dieser Cowboy ist mein Bruder Jake, und das ist seine Frau Emily. Jake, Emily, mein Mädchen für alles und Retter von ‚Leuchtfeuer', Trevor Kenbridge." Jake lächelte ihn herzlich an. Schüchtern schüttelte Emily Trevors Hand und folgte ihrem Mann ins Haus.

In der großen Eingangshalle blieben sie stehen. „Wow!" meinte Jake. „Es ist genauso toll, wie du gesagt hast. Sieht im Augenblick zwar noch aus wie ein Kriegsschauplatz, aber es wird großartig werden, wenn erst mal alles fertig ist."

„Ich wußte, daß du das sagen würdest! Du hättest vor einer Woche hier sein sollen. Wir haben uns vor allem auf Basisdinge konzentriert wie Wasser und Elektrizität. Wenn du es fertig sehen willst, wirst du im nächsten Sommer wiederkommen müssen."

„Du hast recht, Julia. Das Haus wird überwältigend werden."

„Kommt, ich zeige euch euer Zimmer."

*

Im Nu hatte Jake sich umgezogen und arbeitete mit Trevor zusammen an den Leitungen im Keller. Die vergangenen drei Tage hatte Trevor dazu benutzt, die Wände wieder instandzusetzen, die aufgeschlagen worden waren, um die alten Kabel und Leitungen herauszureißen. Zwar mußten sie noch neu tapeziert und gestrichen werden, doch Julia war schon froh, daß es nicht mehr ganz so chaotisch aussah.

Emily und Julia machten sich an die Vorbereitungen zum Abendessen. Vorsichtig meinte Emily: „Miles hat dir also endlich einen Heiratsantrag gemacht?"

Julia blickte auf ihren Finger. „Ich wollte es euch beim Abendessen erzählen."

„Frauen bemerken Ringe immer sofort. Jake wird vermutlich Tage brauchen, bis es ihm auffällt."

„Tja, mein Bruder ist nicht gerade ein scharfer Beobachter."

Emily hielt mit dem Salatzupfen inne und blickte Julia an. „Du klingst nicht sehr erfreut. Ich dachte, du wartest schon Jahre darauf, daß er dich fragt."

„Ich habe vergessen, wie direkt du sein kannst! Darum habe ich dich auch sofort gemocht. Ich denke, Miles ist ein wundervoller Mann. Ich bin nur nicht mehr hundertprozentig sicher, ob er der Richtige ist."

„Aber du trägst seinen Ring ..."

„Er kommt bald zurück, um sich meine Antwort zu holen."

„Mittlerweile solltest du aber doch wissen, ob du mit ihm zusammensein möchtest. Ganz offensichtlich hast du Bedenken. Ich habe Miles zwar noch nicht kennengelernt, aber Jake scheint ihn nicht besonders zu mögen. Ich glaube, er hat ein gutes Urteilsvermögen. Als Jake mich fragte, ob ich ihn heiraten wollte, wußte ich sofort, daß es nichts auf der Welt gab, was ich lieber wollte."

„Es ist schwer, weißt du. Ich habe so viel Zeit mit Miles verbracht. In vieler Hinsicht ist er schon gut für mich. Er ist so ... *beständig*. Wir kennen dieselben Leute ..."

„Die einzigen, die zählen, seid ihr beide. Jake und ich mußten diese Angelegenheit auch unter uns ausmachen."

„Ich weiß ..."

„Und wie ist es jetzt, hier, wo ihr nicht dieselben Leute kennt?"

„Wir geben uns Mühe. Ich denke, das ist das Problem. Wenn wir erst einmal Fuß gefaßt haben, wird alles in Ordnung kommen. Nach vier Jahren in einer Stadt habe ich mich nun in eine ganz andere Richtung entwickelt. Miles braucht Zeit, sich daran zu gewöhnen. Und dann denke ich, daß alles in Ordnung kommen wird. Wir haben so lange gewartet ... Ich glaube, es wird höchste Zeit, daß wir endlich heiraten."

„Das klingt so, als müßtest du dich selbst überzeugen."

„Vielleicht."

„Dann wirst du also ja sagen?"

„Ich denke schon. Ich denke, es ist richtig."

„Ich möchte dir nicht im Weg stehen, Julia. Aber Jake liegt sehr viel an dir, und mir auch. Ich möchte nicht, daß du verletzt wirst oder eine falsche Entscheidung triffst. Du mußt ganz sicher *wissen*, daß es richtig ist. Du kannst Fragen haben, Bedenken, doch tief in deinem Innern solltest du *wissen*, daß du den Rest deines Lebens mit diesem Mann verbringen willst."

„Danke für den Rat, kleine Schwester. Jetzt hilf mir bei dem Auflauf, sonst wird das Essen nie fertig."

Kapitel Zweiundzwanzig

Um sechs Uhr kamen Trevor und Jake aus dem Keller hoch. Lachend und fröhlich plaudernd betraten sie die Küche. Julia freute sich, daß die beiden so gut miteinander auskamen.

„Wie läuft's?"

„Morgen werden wir wohl fertig werden", erwiderte Trevor. „Ihr Bruder ist ein hervorragender Elektriker."

„Das wußte ich ja gar nicht, Jake."

„Eines der Dinge, die man beim Architekturstudium lernt ..."

„Und auf der Ranch?"

„Tatsächlich habe ich Matt im vergangenen Sommer geholfen, die Ställe mit Elektrizität auszustatten."

Trevor wendete sich zum Gehen. „Ich denke, ich werde jetzt unter die Dusche gehen. Bis morgen dann ..."

„Kommen Sie doch rüber, und essen Sie mit uns", lud Jake ihn ein.

„Ach nein, ich lasse Sie drei lieber allein. Sie haben sich sicher viel zu erzählen."

Jake blickte Julia an.

„Ach, kommen Sie doch, Trevor", forderte sie ihn auf. „Sie haben einen langen Arbeitstag hinter sich. Und was gibt es bei Ihnen heute zu essen? Ein Schinkenbrot?"

Er lachte. „Nicht mal das. Na gut, dann komme ich in einer Viertelstunde."

„In zehn Minuten", meinte Julia, nachdem sie in den Ofen geblickt hatte.

„Gut, in zehn Minuten", stimmte er zu.

*

Emily deckte den Tisch, während Jake oben duschte. Er sang dabei so laut, daß die beiden Frauen ihn durch die alten Luftschächte hören konnten.

„Er scheint sehr glücklich zu sein, Emily."

„Das ist er auch. Er kann tun, was er gern macht, besucht seine Schwester ..."

„Und er ist verliebt, nicht wahr?"

Emily errötete. „Das könnte auch ein wenig damit zu tun haben."

„Oder viel."

Julia öffnete den Porzellanschrank und holte Teller und Gläser heraus. Dann nahm sie den Silberleuchter und sechs Kerzen zur Hand. „Schließlich haben wir doch etwas zu feiern, oder?"

„Richtig."

Als die Männer das Eßzimmer betraten, saßen Julia und Emily sich am Tisch gegenüber und plauderten miteinander. Die Kerzen auf dem Leuchter brannten. „Wunderbar", meinte Jake. „Zwei schöne Frauen und ein Abendessen bei Kerzenlicht. Ich kann mir nichts Schöneres vorstellen, Sie, Trevor?"

„Absolut nicht", erwiderte er und lächelte Julia an. „Nun ... vielleicht fehlt noch eine Kleinigkeit." Er ging in die Bibliothek und legte eine CD auf. Als er zurückkehrte, spielte leise klassische Musik.

„Nicht schlecht für einen Thunfischauflauf", sagte Julia und sah sich um.

„Das will ich meinen", erwiderte Jake. „Soll ich mit uns beten?"

„Gern", entgegnete Julia. Sie wußte, daß er zu Dirk und Rachel Tanner aufsah und daß ihr lebendiger Glaube ihn – wie auch sie selbst – sehr stark beeinflußt hatte.

Nach dem Gebet fragte ihn Julia danach. „Und wie steht es, Jake, machst du unsere Mutter glücklich und gehst in die Kirche?"

Jake lächelte erst Emily, dann seine Schwester an. „Eigentlich gehen wir, weil wir es selbst gern wollen, nicht, um Mutter glücklich zu machen. Ich habe eine Weile gebraucht, doch die Tanners sind ein hervorragendes Beispiel für gelebten Glauben."

„Wie geht es Dirk und Rachel?" fragte Julia.

„Großartig", erzählte Emily strahlend. „Sie erwarten ein Baby!"

„Oh! Wie hat Rachel die Nachricht aufgenommen? Ich hörte, daß sie ihre Heimarbeit doch sehr ausgeweitet hat."

„Sie ist außer sich vor Freude", erwiderte Emily.

„Sie muß eben ein wenig Arbeit abgeben", warf Jake ein, der gerade den Salat herumreichte.

Die vier aßen zusammen, plauderten fröhlich und lachten miteinander. Nach einer Stunde schlug Julia vor, sich ins Wohnzimmer zu setzen. Doch bevor sie das Eßzimmer verließen, zeigte sie den anderen noch die Geheimtür hinter dem Porzellanschrank. Auch die in der Bibliothek führte sie ihnen vor.

„Das ist unglaublich", meinte Jake. „Ein hervorragender Architekt muß die konstruiert haben, daß sie nach den ganzen Jahren immer noch funktionieren. Ich wünschte, ich wäre dabei gewesen, als ihr diesen Geheimgang entdeckt habt."

„Ich habe noch etwas für dich aufgehoben, kleiner Bruder. Auf dem Dachboden bin ich noch nicht gewesen – und Trevor war nur oben, um das Dach und die Isolierung zu überprüfen. Weißt du noch, wie wir als Kinder immer dort oben gespielt haben?"

„Ich kann mich kaum noch daran erinnern."

„Nun, wenn er nur halb so viele Schätze birgt, wie wir in dem Geheimgang gefunden haben, dann wird es herrlich."

„Schätze?" fragte Jake.

Aufgeregt erzählte Julia Jake und Emily von Annas Tagebüchern.

„Wie wär's, wenn wir ein wenig daraus vorlesen würden?" fragte Jake.

„Das wäre großartig", stimmte Trevor zu.

„Ich werde den Nachtisch holen", meinte Emily. „Ihr könnt schon ins Wohnzimmer gehen."

„Dann los", sagte Julia. Sie brachten ihre Teller in die Küche und ließen sich dann im Wohnzimmer nieder. Jake und Julia setzten sich auf die große, gemütliche Couch. Trevor suchte sich bewußt einen Sessel direkt gegenüber Julia.

Der Abend verlief so angenehm, daß die vier sich in der folgenden Woche häufig so zusammensetzten. Zusammen begleiteten sie Anna und Shane bei ihrem Versuch, die reichen Schiffsbauer davon zu überzeugen, Shanes bestem Entwurf eine Chance zu geben. Fünf Jahre nachdem sie in New York angekommen waren und bereits drei Kinder hatten, war es soweit.

20. März 1845

Shanes Zeit ist gekommen! Und nicht einen Augenblick zu früh. Wenn ich mit den Kindern noch ein weiteres Jahr in dieser winzigen Wohnung hätte leben müssen, wäre ich verrückt geworden. Unser Investor ist ein gewisser Charles Hammond, ein reicher Herr mit einer Vorliebe für das Meer und einem Hang zum Risiko. Ein Freund erzählte mir von ihm, und ich muß gestehen, daß ich ihn aufsuchte, als Shane noch unterwegs war. Manchmal muß

eine Frau wohl einfach die Initiative ergreifen, um ihrem Mann ein wenig zu helfen.
In meinem besten Kleid ging ich einen Monat vor Shanes Ankunft zu Mister Hammond, ließ meinen Charme ein wenig spielen und überzeugte ihn davon, daß er Shane wenigstens anhören sollte.
Ich erzählte ihm, Shane wolle Schiffe bauen, die mit wenig Widerstand durchs Wasser glitten. „Wer zuerst kommt, erzielt den höchsten Preis, ist es nicht so?" fragte ich ihn.
Als Shane zurückkam, erzählte ich ihm beiläufig, ich hätte gehört, ein Mister Hammond sei am Schiffsbau interessiert. Bereits am nächsten Tag machte er sich mit seinen Modellen und Zeichnungen auf den Weg. Er kam zurück mit einem Scheck, hochtrabenden Plänen und Anweisungen für eine Reederei in Boston. Jetzt werde ich mein Haus doch noch bekommen!

„Das ist also das Haus, das Anna gebaut hat", meinte Jake.

Trevor blickte Julia an und sagte: „Wenn sie solche Augen hatte wie ihre Ururenkelin, dann hatte Hammond keine Chance."

„Manche Dinge muß man eben den Frauen überlassen", entgegnete Julia, etwas verlegen lächelnd, als sie das Tagebuch wieder aufnahm.

8. Juni 1845
Das Schiff wird gebaut! Riesige Bäume werden vor unseren Augen nach dem Entwurf meines Shane verarbeitet. Die Kinder spielen zwischen dem Kiel und dem Gerippe des Schiffs, als wäre es ein Spielplatz und nicht die Erfüllung der Träume ihres Vaters. Der kleine Shane ist mit seinem Vater herumgefahren, um die besten Bäume für das riesige Schiff auszusuchen. Ich bin so stolz auf meinen Mann! Er betrachtet sein Werk mit Liebe und Zuneigung, ähnlich wie er mich anblickt.

14. August 1845
Ich bin erstaunt zu sehen, wie schnell der Bau vorangeht. Das, was einst einem riesigen Gerippe ähnelte, hat nun seine sogenannte „Haut" bekommen – die inneren Latten sind die „Innenbeplankung", die äußeren Latten die „Planken". Gestern haben die Abdichter damit begonnen, Werg auf die Beplankung zu klopfen. Es besteht aus einem widerlichen, in Teer getauchten Material, das verhindert, daß Wasser durch die Ritzen dringt.
Nachdem die Abdichter heute alles mit Pech bestrichen hatten, haben sie dem kleinen Shane gesagt, er könnte ihnen morgen helfen, die Reste abzukratzen. Er ist so aufgeregt, daß er kaum schlafen kann.

10. September 1845
Ich habe Shane um Geduld gebeten, doch er hört nicht auf mich. Er ist kaum noch zu halten, obwohl der Herbst vor der Tür steht. Die Segel sind genäht, und das Schiff wird in Rekordzeit fertiggestellt. Shane kann es kaum erwarten, es ins Wasser zu lassen. Mr. Hammond ist mir auch keine Hilfe. Er ist der Meinung, je eher wir es vom Stapel lassen, desto eher bekommt er seine Investition zurück. Ich liebe dieses kleine Haus, das wir gemietet haben, doch was soll es mir, wenn Shane auf See sterben würde? Noch nie hatte ich eine so düstere Vorahnung. Ich kann nicht schlafen! Ich kann nur beten, daß Gott auf seiner Reise mit ihm sein möge. Dieser Gedanke ist mein einziger Trost.

Julia hielt inne. „Wollen wir Schluß machen für heute?"
„Ich kann nicht schlafen, wenn ich nicht weiß, wie es weitergeht!" meinte Emily.
„Lesen Sie doch noch einige Eintragungen", forderte Trevor sie auf.

20. September 1845
Ich habe gehört, wie zwei Herren Wetten auf die „Currier" abgeschlossen haben. Der eine meinte, sie würde zur Seite kippen,

sobald sie das Wasser berühre. Der andere ist der Meinung, sie würde die Reise nach Rio de Janeiro in Rekordzeit schaffen und riesige Profite im Kaffeehandel erzielen. Die „Currier" kann zwar nicht so viel Ladung aufnehmen wie die anderen, breiter gebauten Schiffe, doch der zweite Herr hat recht – sie wird Rekordgeschwindigkeiten erzielen. Ich glaube an die Pläne meines Shane.
Es ist meine Aufgabe, die „Currier" morgen vor dem Stapellauf zu taufen. Dies würde ich als eine große Ehre betrachten, wenn es Mai wäre und nicht September. Mein Herz ist so schwer! Wie kann ich ihn fahren lassen? Er hat schon unzählige Reisen zurückgelegt, doch noch nie bin ich so verzweifelt gewesen. Nicht einmal mein neues Kleid aus Paris, das ich extra zu diesem Anlaß erstanden habe, kann mich aufheitern.

21. September 1845
Er ist fort. Nach der Taufe heute nachmittag mit Champagner und einem schnellen Kuß von meinem Shane glitt die „Currier" mühelos ins Wasser. Sie ist nicht zur Seite gekippt, und als alle sechzehn Segel gehißt waren und sie anmutig davongesegelt war, habe ich den Herrn, der die Wette abschließen wollte, triumphierend angeblickt. Er schien verwirrt, als ob ich seine Gedanken lesen könnte, und eilte davon.
So sehr ich mich auch um Shane sorge, ich war doch stolz, als ich sah, wie unsere Träume davonsegelten. Die „Currier" ist ein großartiges Schiff. Ich bete zu Gott, daß er Shane mit seinen Engeln umgibt und mir meinen Geliebten gesund nach Hause bringt.

„Dies scheint mir eine gute Stelle zu sein, um Schluß zu machen", schlug Julia vor.

Jake stöhnte. Er hatte vollkommen entspannt auf dem Fußboden gelegen. „Ich könnte die ganze Nacht zuhören! Kannst du dir vorstellen, in der Zeit zurückzugehen und Anna und Shane kennenzulernen?"

„Ich habe das Gefühl, als wäre es so", erwiderte Julia.

„Mir ist es unverständlich, daß Shane Anna und seine Familie immer wieder so lange allein läßt", meinte Trevor ruhig.

Julia nahm seinen Gedankengang auf. „Er tat, was er tun mußte. Es war sein Traum – sein Lebensinhalt."

„Er hätte sich einen anderen Traum suchen können. Wenn ich eine Frau so lieben würde wie er seine Anna, könnte kein Traum der Welt mich monatelang von ihr fernhalten." Er blickte Julia in die Augen.

Sie hielt seinem Blick nicht stand. „Ich glaube, ich gehe jetzt schlafen. Seid ihr zwei ‚Gäste' bereit, morgen mit anzufassen?"

„Natürlich", meinte Emily.

„Ich freue mich schon darauf. Können wir morgen über Deck arbeiten?"

„Das will ich meinen", erwiderte Trevor. „Die Luftschächte machen doch mehr Arbeit, als wir angenommen hatten. Wir wollen eine Pause machen und an etwas anderem weiterarbeiten."

„Gut. Ich mag dich wirklich gern, Junge, doch ich habe es satt, mit dir im Keller zu arbeiten."

„Wie bist du im Tapeten abreißen und Farbe abkratzen?"

„Das gehört zu meinen Spezialgebieten."

„Ausgezeichnet. Ich denke, wir werden genügend Arbeit finden, um Wochen beschäftigt zu sein."

„Vielleicht sollten wir morgen den Dachboden erforschen?" schlug Julia vor.

„Ich denke, wir haben lange genug gewartet", stimmte Trevor zu. „Geben wir uns also dran."

Die vier wünschten sich eine gute Nacht und gingen zu Bett.

Kapitel Dreiundzwanzig

„Komm schon, Tara. Willst du nicht doch mitkommen?"

„Es tut mir leid, Mike. Ich muß an meinem Kochbuch arbeiten. Ich fürchte, ich werde einen oder zwei Monate keine Zeit mehr für einen Ausflug haben." Sie sah an ihm vorbei in Bens traurige Augen.

Sag doch etwas. Sag mir, daß du mich vermissen wirst …

„Nun, vielleicht wirst du ja schneller fertig, als du gedacht hast", erwiderte Ben jedoch nur. Er legte seinen Arm um Mike und führte ihn aus dem Lokal. Tara beobachtete sie, bis sie um die Ecke gebogen waren.

*

„Dachbodentag!" verkündete Julia grinsend, als Jake und Emily endlich in die Küche kamen.

„Erstmal Kaffee", brummte Jake, der immer noch mit der Zeitverschiebung Schwierigkeiten hatte.

Julia holte einen frischen Hefezopf aus dem Ofen, während Trevor Kaffee in große blaue Tassen goß.

„Schon seit Wochen wollte ich dort hinauf, um alles einmal durchzusehen, doch Julia hat es mir nicht erlaubt, bevor ihr nicht da wart", erklärte Trevor.

„Ich wollte das mit meinem kleinen Bruder zusammen tun", verteidigte sich Julia.

„Darüber bin ich sehr froh! Sobald das Koffein seine Wirkung zeigt, können wir loslegen", sagte Jake.

„Nun, dann beeil dich ein bißchen", meinte Julia kauend.

„Ich eile, ich eile …"

*

Gegen neun Uhr standen die vier in dem Zimmer, in dem sie auch die Geheimtür entdeckt hatten. Genau gegenüber befand sich der Zugang zum Dachboden.

Trevor stellte seine Leiter an und begann hinaufzusteigen. Jakes Stimme ließ ihn innehalten. „Trevor, hättest du etwas dagegen, wenn ich zuerst hinaufsteige?“

Schnell kam Trevor wieder hinunter. „Ganz und gar nicht. Es tut mir leid, das hätte mir auch selbst einfallen können.“

Jake stieg die Leiter hoch, drückte die Tür auf und spähte hinein.

„Was siehst du?“ rief Julia.

„Nicht viel. Gib mir eine Lampe.“

Sie reichte ihm die batteriebetriebene Campingleuchte.

Damit verschwand er auf dem Dachboden. „Das solltet ihr sehen“, hörten sie ihn rufen. „Kommt hoch!“

Julia folgte ihm, danach Emily und Trevor. Erstaunt blieben sie auf dem alten Fußboden stehen.

„Ist das nicht unglaublich?“ fragte Jake leise.

„Ich wußte es“, erwiderte Julia.

Trevor trat an ein altes, verschmiertes Fenster zu ihrer Rechten. „Paßt auf, wo ihr hintretet“, warnte er die anderen. „Viele dieser Bretter sehen ziemlich morsch aus.“

Er holte einen Lappen aus seiner Hosentasche und wischte den hundert Jahre alten Schmutz von dem Glas. So konnte das Tageslicht besser hereinfallen.

Im Laufe der Jahrzehnte hatten die Spinnen den Dachboden mit ihren zarten Netzen verziert. Das einfallende Licht wurde von jedem einzelnen Faden reflektiert, und die kleine Gruppe betrachtete die Spinnweben fasziniert, bevor Jake begann, sie zu entfernen.

Nachdem er einen Weg gebahnt hatte, kam Bewegung in die Gruppe.

Überall standen kaputte Möbelstücke herum, die von den früheren Bewohnern fortgepackt worden waren, weil sie niemanden hatten, der sie reparierte. Mäuse hatten einigen den Rest gegeben, doch andere waren noch vollkommen intakt. Emily fand den ersten richtigen Schatz. „Julia, komm her!"

Julia eilte zu ihrer Schwägerin hinüber. Emily holte mehrere Strohhüte aus einer Holzkiste und setzte sich einen auf. „Sieh nur, sie sind alle ganz sauber und trocken!" Sie sah aus wie eine Porzellanpuppe.

Julia wählte einen Hut, der mit einer Stoffrose und zarten Bändern versehen war, und setzte ihn sich auf. „Würden die sich nicht wunderbar an einer Wand unten machen? Was für eine Sammlung!"

„Seht her! Nur sechs Planeten", rief Jake. In der Hand hielt er ein Planetarium aus dem neunzehnten Jahrhundert, ein Modell des Solarsystems vor der Entdeckung des Neptun. Die Planeten waren an verschiedenen Drähten aufgehängt, die alle an der Sonne befestigt waren und sich um sie drehen konnten.

Trevor entdeckte eine alte amerikanische Flagge mit nur dreizehn Sternen für die Bundesstaaten darauf.

In einer Ecke fand Julia mehrere Koffer mit alten Briefen und Karten von Freunden und Familienmitgliedern, die um die ganze Welt gereist waren. Trevor gesellte sich zu ihr. Er war fasziniert von dem, was die Leute gesehen hatten, einhundert Jahre bevor er dieselben Orte bereiste. „Da können wir noch ein ganzes Jahr jeden Abend weiterlesen, wenn wir mit Annas Tagebüchern fertig sind", meinte Trevor lächelnd. „Denken Sie nur an die vielen Geschichten, die hier drinstecken!"

„Es ist einfach wundervoll!"

Den ganzen Morgen über öffneten sie Schachteln und Kisten, entdeckten alte Navigationskarten, antike Sextanten, Kisten voller alter Schiffsmodelle, die Shane gebastelt hatte, vergilbte Familienbilder und zahllose andere Funde.

Julia spürte ihren Hunger zuerst. „Hey, ich bin halb verhungert. Wie wär's mit einer Pause zum Mittagessen?"

Widerstrebend stimmten die anderen zu. Sie beschlossen, einige Kisten mit nach unten zu nehmen, um sie im Tageslicht zu durchsuchen.

*

Während sie in der Küche ihre Sandwiches verspeisten, kam Julia eine Idee. „Sagen Sie, Trevor ... wie wär's, wenn wir den Dachboden ausbauten, zu meiner privaten Nutzung? Er könnte mein Zufluchtsort werden, wenn das Gasthaus voll ist. Es ist genügend Platz für ein Wohnzimmer, ein Bad und ein Schlafzimmer." Ihr Gesicht strahlte, als sie über ihren Vorschlag nachdachte.

„Äh-ja. Mir scheint, mein Arbeitsgebiet weitet sich aus ..."

„Nein! Denken Sie doch nur! Es würde ein wundervoller Raum werden, mit diesem hohen Dach. Wir könnten Oberlichter einbauen, damit die Sonne einfällt. Der Keller bietet genügend Platz zum Lagern von alten Sachen. Auf diese Weise könnten wir aus dem großen Schlafzimmer eine Flitterwochensuite machen."

„Das könnte nett werden", nickte er.

„Wir müssen darüber nachdenken."

„Sollten Sie nicht erst einmal Ihre Finanzen überprüfen?" schlug er vor. „Vielleicht warten Sie mit dem Ausbau besser bis zum nächsten Jahr – das wird eine Katastrophe. Haben Sie die Wände gesehen? Und erst der Boden ... Wie ich schon sagte, der muß komplett erneuert werden. Ganz zu schweigen von der Isolierung ..."

„Ach, kommen Sie schon, Trevor. Wollen Sie etwa kneifen?"

„Nein, aber wenn Sie heiraten, sollte das Haupthaus einigermaßen in Ordnung sein. Aber das bleibt natürlich Ihnen und Ihrem neuen Handwerker überlassen."

Dieser letzte Satz fiel beiläufig. Quälte sie ihn nicht auch mit ihrer Unentschlossenheit in bezug auf Miles? Das konnte er auch!

Julia runzelte die Stirn und blickte zu Jake und Emily hinüber. „Ein *neuer* Handwerker?"

„Aber ja. Ich werde nicht ewig hierbleiben."

Sein beiläufiger Tonfall machte sie wütend. „Das dachte ich mir. Reisende soll man nicht aufhalten, ja? Wohin rufen Ihre ‚Träume' Sie jetzt?"

Jake und Emily standen auf, um den Raum zu verlassen. Ihnen war unbehaglich zumute bei dieser Unterhaltung. „Laßt uns ein wenig spazierengehen", meinte Julia und ging ihnen nach. „Der bei mir angestellte Handwerker hat zu arbeiten. Ihr seid schließlich auf Urlaub."

Kapitel Vierundzwanzig

Ben hatte versucht, die Tatsache zu akzeptieren, daß Tara Zeit für ihr Buchprojekt brauchte. Doch als sie auch am Dienstag abend nicht im Lokal war, war er verstimmt.

„Komm, Dad. Der Film beginnt in fünfzehn Minuten." Schon vor zehn Minuten hatten sie ihr Abendessen beendet, doch Ben saß immer noch seinem Sohn gegenüber und trank schweigend seine Cola.

„Wir werden gehen, wenn ich fertig bin", brummte Ben.

„Was ist denn los?"

„Ich verstehe nicht, wie Tara ihr Restaurant so im Stich lassen kann. Weiß sie denn nicht, daß sie hier gebraucht wird?"

„Ich fand, das Abendessen war genauso gut wie immer."

„Ich nicht. Irgend etwas fehlt."

„Du vermißt Tara."

Ben runzelte die Stirn. „Laß uns gehen, Herr Neunmalklug."

★

An diesem Abend ging Ben vor Taras Haus auf und ab. Er verspürte den Wunsch, an ihre Tür zu klopfen und hineinzugehen, doch er konnte sich einfach nicht dazu überwinden. Er wollte sie sehen, aber der Gedanke, daß er sie brauchte, erschreckte ihn. *Wenn ich doch nur guten Tag sagen könnte, sehen könnte, wie es ihr geht* … Er ging weiter auf und ab.

Im Haus erhob sich Tara von ihrem Stuhl und streckte sich. Sie ging zum Fenster, um etwas frische Luft hereinzulassen. Dabei entdeckte sie eine Gestalt, die im Dunkeln vor ihrem Fenster stand.

„Wer ist da?" rief sie. Offensichtlich hatte sie Angst, bemühte sich jedoch, sie nicht zu zeigen.

Ben konnte nicht zulassen, daß sie Angst hatte. Verlegen trat er ins Licht der Straßenlaterne.

„Ben?"

„Hallo."

„Was tust du denn hier?" Sie war ärgerlich.

Er trat ans Fenster. „Ach, ich bin nur so vorbeigekommen, um zu sehen, ob es dir gut geht."

„Aha. Warum kommst du nicht herein, anstatt mich zu Tode zu erschrecken?"

„Ich weiß nicht."

Sie ging zur Eingangstür und kam heraus. Ben blieb am Treppenabsatz stehen.

„Möchtest du auf eine Tasse Kaffee hereinkommen?" Tara nickte zum Haus herüber.

„Ich glaube nicht."

Eine unbehagliche Stille senkte sich auf sie, während beide mit ihren Gedanken und Gefühlen kämpften. Tara ergriff zuerst das Wort.

„Sieh mal, Ben. Vielleicht ist dir das noch gar nicht klargeworden, darum möchte ich es einmal aussprechen. Du bist hier, weil ich dir etwas bedeute. Du kannst es nicht zugeben, nicht einmal vor dir selbst, darum versteckst du dich da im Schatten. Das Traurige ist, daß du dich sogar am hellichten Tag versteckst. Und ich habe das satt." Sie unterbrach sich. „Wir sind nicht mehr bloß Freunde, nicht wahr, Ben?"

Er schwieg.

Tara begann, auf und ab zu gehen. „Vielleicht bilde ich mir das alles auch nur ein. Vielleicht denke ich etwas ganz Falsches ..." Sie blieb stehen und sah ihn an. „Nein. Ich weiß, daß es stimmt. Ben, auch ich vermisse Sharon. Aber wir können doch nicht ignorieren, was sich so ganz natürlich zwischen uns entwickelt hat. Gott gibt uns eine neue Chance, und wir beide sind zu ängstlich und zu verschlossen, um sie wahrzunehmen.

Sieh mal ... wenn du jemals bereit bist, meine Hand zu nehmen, dann laß es mich wissen. Bis dahin möchte ich nicht mehr, daß du vor meinem Haus im Schatten stehst."

Mit diesen Worten ging sie ins Haus und schloß fest die Tür hinter sich.

Vor sich hinmurmelnd ging Ben nach Hause.

*

Julia wachte auf mit dem Gefühl, daß jemand bei ihr im Zimmer war.

Trevor war hochgekommen, um an ihre Tür zu klopfen, doch die Tür hatte weit offengestanden. Wie versteinert war er stehengeblieben.

Verschlafen öffnete sie die Augen und sah ihn im Türrahmen stehen.

„Guten Morgen, Schlafmütze", sagte er. „Es tut mir leid, wenn ich in Ihre Privatsphäre eingedrungen bin, aber die Tür stand offen."

„Schon in Ordnung. Was tun Sie da?"

„Ich beobachte Sie", sagte er und blickte sie liebevoll an. „Wissen Sie, Sie waren so entspannt und ruhig, eine großartige Gelegenheit, Sie zu betrachten." Julia setzte sich schweigend auf. Sie wußte nicht, was sie sagen sollte. Sie war jedenfalls nicht böse auf ihn.

„Kommen Sie", sagte er. „Es ist neun Uhr. Jake, Emily und ich können keinen Kaffee mehr trinken, sonst gehen wir die Wände hoch. Wir dachten, wir könnten zur alten Werft Ihres Ururgroßvaters hinunterfahren und heute nachmittag arbeiten."

„Dann wollen Sie also hier noch weiterarbeiten?"

„Sehen Sie, Julia, die Dinge sind gestern ein wenig aus dem Ruder gelaufen. Ich habe ein paar Sachen gesagt, die ich nicht so meinte."

„Die Sie nicht so meinten?"

Er trat unbehaglich von einem Fuß auf den anderen. Was wollte sie von ihm?

„Ich muß mir über einiges klarwerden. Wir können später darüber sprechen, einverstanden?"

„Einverstanden. Ich glaube, zur Werft hinunterzufahren ist eine großartige Idee. Immerhin sind Jake und Emily ja im Urlaub, nicht? Wir können sie nicht die ganze Zeit arbeiten lassen."

„Ich gehe hinunter und sage es ihnen." Trevor grinste sie an und wendete sich zum Gehen. In der Tür blieb er stehen und drehte sich noch einmal um. Ihr langes blondes Haar fiel ihr über die Schultern, die Augen leuchteten, und ihre Lippen waren rosig, nachdem sie unter seinem Blick verlegen darauf herumgekaut hatte. „Ich habe den schönsten Chef in der Stadt", sagte Trevor.

„Das sagen Sie zu allen Ihren Chefs", erwiderte sie.

„Ja. Juan in Rio war besonders süß", entgegnete Trevor. Sein Lächeln erhellte sein Gesicht.

Und ich habe den attraktivsten Angestellten in der Stadt. „Fünfzehn Minuten?" fragte sie ihn.

„Zehn." Pfeifend ging er davon.

*

Fünfzehn Minuten später kam Julia unschuldig lächelnd herunter. Sie nahm Jake das Brot aus der Hand, von dem er gerade abbeißen wollte.

„Du hast dich nicht ein bißchen verändert", maulte Jake.

„Sie ist auch nicht besonders pünktlich", bemerkte Trevor und blickte auf seine Uhr.

„Seid ihr Jungs denn immer noch nicht fertig?" fragte sie, als ob sie den ganzen Morgen auf sie gewartet hätte.

Sie traten aus der Eingangstür, und Julia klatschte begeistert in die Hände, als sie die vier Fahrräder entdeckte. „Ein wundervoller Tag für eine Fahrradtour! Wo habt ihr die her?"

„Ich habe sie von Ben und Tara geliehen. Jake und ich haben sie geholt, während Sie im Bett gelegen haben."

„Ihr Jungs seid wundervoll!"

Die Morgensonne schien bereits ungewöhnlich warm vom Himmel herab. Als Julia vom Hof auf die Straße fuhr, fühlte sie sich frei und lebendig. „Seit ich ein kleines Mädchen war, habe ich auf keinem Fahrrad mehr gesessen!" rief sie über die Schulter hinweg.

„Man sagt, so etwas verlernt man nicht", erwiderte Jake. Er mußte hart in die Pedale treten, um seine Schwester zu überholen. Über die Schulter hinweg rief er ihr zu: „Ich glaube trotzdem, daß Pferde leichter zu handhaben sind."

„Ha! Das fehlte mir noch."

„Du solltest es einmal versuchen."

„Dazu werde ich nach Montana kommen."

Jake fuhr voran, Julia direkt hinter ihm. Trevor schien zufrieden zu sein, mit Emily Schritt zu halten, und die beiden fuhren plaudernd nebeneinander her. Jake verringerte seine Geschwindigkeit, so daß seine Schwester aufholen konnte. „Herrlicher Tag, nicht wahr?"

„Das stimmt." Die Straße führte am Wasser entlang. Gelegentlich krachten die Wellen gegen die Felsen, und am Wegrand stand der Flieder in voller Blüte. Der Ahorn hatte bereits ausgeschlagen, und hier und da waren schon die ersten Blumen zu entdecken.

„Ich kann es kaum erwarten, den Garten wieder in Ordnung zu bringen", meinte Julia.

„Er wird bestimmt sehr schön werden. Emily und ich werden im Sommer zurückkommen müssen, um ihn uns anzusehen." Jake räusperte sich. „Julia, kann ich mal mit dir sprechen?"

Sie nickte. „Sicher."

„Was ist eigentlich mit dir und Trevor? Er ist der sympathischste Kerl, den ich je kennengelernt habe, und meiner Meinung nach genau der Richtige für dich. Warum trägst du also den Ring von diesem Idioten Beckley?"

„Ich wollte sowieso mit dir darüber sprechen. Zuerst einmal ist Trevor nur ein Freund. Und Miles ist kein Idiot. Ich liebe ihn."

„Du kannst mir nichts vormachen."

„Und was ist mit dem Ring?"

„Das hat nichts zu bedeuten. Julia, ich weiß, daß du darüber nachdenkst, Miles' Heiratsantrag anzunehmen. Aber bitte tu es nicht! Dieser Typ ist ein Charakterschwein. Ich weiß, du denkst, du würdest ihn lieben, aber vielleicht verschließt du auch nur einfach die Augen vor den Tatsachen. Ich traue ihm nicht." Er blickte über die Schulter zurück zu seiner Frau und winkte lächelnd. Emily und Trevor winkten zurück.

„Aber dieser Trevor ... der ist doch einfach prima. Ich mochte ihn auf Anhieb. Vielleicht wagt niemand anders, dir das zu sagen, darum tue ich es. Ihr seid wie füreinander geschaffen."

„Jake, ich glaube, du gehst ein bißchen zu weit. Ich habe dir gesagt, Trevor und ich sind nur Freunde. Außerdem kann es sein, daß er von heute auf morgen wieder verschwindet. Er ist kein Mann zum Heiraten."

„Oh, vielleicht redet er sich und dir das nur ein, um sich selbst zu schützen. Wenn du darüber nachdenkst, einen anderen zu heiraten, warum sollte er da seine Gefühle so offen zeigen? Ich war oben, als er dich wecken sollte. Ich habe gesehen, wie *er dich* fünfzehn Minuten lang betrachtete. Der Mann ist total in dich verliebt. Und ich glaube, du auch in ihn. Du bist nur zu verwirrt, um das zu erkennen."

„Gut, Jake. Du hast gesagt, was du zu sagen hattest. Lassen wir das Thema. Ich muß meine Entscheidungen selbst treffen."

„Das stimmt. Nur bitte, triff eine weise Entscheidung, große Schwester. Du verfügst im Augenblick über eine Menge Geld. Hast du je in Betracht gezogen, daß Miles nur eine reiche Erbin als Frau möchte?"

„Jake!" Sie verspürte den Drang, ihn anzuschreien, tat es jedoch nicht, weil sie fürchtete, Trevor könnte sie hören. Sie senkte ihre Stimme. „Hast du je darüber nachgedacht, daß es mehr Sinn machen würde, wenn *Trevor* wegen meinem Geld hinter mir her wäre?"

„Trevor ist nicht so ein Typ! Das weißt du genauso gut wie ich. Miles dagegen –"

„– arbeitet sehr hart, um uns ein gutes Leben zu ermöglichen. Er hat es mir gesagt!"

„Und wo werdet ihr leben, Julia?"

Die Antwort darauf wußte sie nicht.

„Lassen wir das, okay?" fragte sie.

„In Ordnung – für den Augenblick. Sieh nur! Da ist die Straße, die zur Werft führt!"

Kapitel Fünfundzwanzig

Tara hatte Trevor genau erklärt, wie sie zu der alten Werft kamen, und die vier fanden den Weg ohne Schwierigkeiten. Der Weg war von Büschen und Bäumen überwuchert, doch sie entdeckten einige verwitterte Wegweiser, die sie in die richtige Richtung führten. Während sie sich durch das Buschwerk und die Schlaglöcher kämpften, öffnete sich die Straße auf einmal zur Küste hin.

Wie Tara erzählt hatte, waren die beiden alten Viermaster in den dreißiger Jahren aufgegeben worden. Sie lagen in der Nähe der Küste im Wasser. Die Masten des einen Schiffes waren verschwunden. Es lag ziemlich weit auf der Seite und war von Muscheln bewachsen. Auf dem anderen erhoben sich stolz noch zweieinhalb Masten, und nur die Planken am Bug waren aufgeplatzt. Es hatte ein wenig Schlagseite nach Steuerbord, doch ansonsten schien es flott zu sein.

Jake pfiff erstaunt vor sich hin, während die anderen die Erscheinung aus der Vergangenheit anstarrten.

Trevor ergriff als erster das Wort. „Diese Schiffe sind nicht so alt wie die von Shane, doch sie sind trotzdem faszinierend, nicht wahr?"

„Das will ich meinen!" erwiderte Jake. „Laßt uns an Bord gehen!"

„Los!“ stimmte Julia aufgeregt zu. „Wenn wir vorsichtig sind, können wir über die alte Pier gehen. Dann könnten wir es sogar fast erreichen.“

„Ich weiß nicht, Julia. Das Ding sieht ziemlich morsch aus. Ich glaube nicht, daß das eine gute Idee ist.“

„Kommen Sie, Trevor! Seien Sie kein Spielverderber! Wir wollen das Schiff erforschen.“

„Ich habe gehört, daß ein restauriertes Schiff in Portland liegt. Wir könnten morgen dahin fahren ...“

Seine Worte stießen auf taube Ohren. Die beiden Rierdons rannten bereits auf die morsche Pier zu. Emily blickte ihn an und zuckte die Achseln. „Sie sind nicht mehr aufzuhalten.“ Mit diesen Worten lief sie Jake und Julia nach.

Seufzend stellte Trevor sein Fahrrad neben den anderen ab und rannte ihnen hinterher. „Mir gefällt das nicht“, murmelte er.

Die Pier war etwa drei Meter vor dem alten Schiff zu Ende. Zwischen dem Dock und dem Schiff standen sechs Pfähle, die zwar ein wenig schwankten, doch ansonsten recht stabil schienen. Mit abenteuerlustig funkelnden Augen drehte Julia sich um.

„Es sieht so aus, als wär's das“, sagte Trevor.

„Nicht so schnell aufgeben, Trevor. Kommen Sie, Sie haben so viele gefährliche Berge in der ganzen Welt bestiegen, Sie wollen mir doch nicht erzählen, daß Sie das bißchen Wasser abschreckt?“

„Ich bin mit erfahrenen Bergsteigern dort hinaufgestiegen und habe keinen Drahtseilakt auf wackeligen Pfählen vollführt ... mit zwei Frauen.“

„Das ist es also, was Sie wirklich denken! Ich wette, Emily und ich schaffen es besser als ihr zwei!“

Trevor seufzte und blickte Jake an. „Hältst du das für klug?“

„Was kann schon passieren? Vielleicht kann ich zusehen,

wie meine große Schwester ins Wasser fällt. Das könnte lustig werden."

„Das Wasser ist eiskalt. Kein großer Spaß."

„Trevor! Warum sind Sie denn so ein Spielverderber?" Julia blickte ihn irritiert an.

„Ich habe nur ein ungutes Gefühl bei dem allen ... ich kann es nicht erklären."

„Ich gehe als erste." Noch einmal blickte Julia Trevor verwirrt an. „Sie sind wie ein Verrückter gefahren – Sie haben mit mir den Geheimgang erforscht, und jetzt haben Sie Angst?" Sie wendete sich ab.

Er packte sie am Arm und wünschte sofort, er hätte es nicht getan.

„Lassen Sie mich los!" Ihre Augen blitzten vor Wut.

„Julia ..."

„Ich bin sehr wohl in der Lage, meine eigenen Entscheidungen zu treffen."

Er lachte kurz auf und ließ sie widerstrebend los. „Ich werde als erster gehen." Schon eilte er an Julia vorbei und kletterte auf den ersten Pfahl, der noch an der Pier befestigt war. Nachdem er tief Luft geholt hatte, kämpfte er sich von einem Pfahl zum nächsten vor. Auf dem letzten drehte er sich um. Dabei verlor er das Gleichgewicht und wäre beinahe ins Wasser gefallen, weil der Pfosten unter seinem Gewicht ein wenig schwankte. Die drei auf der Pier lachten, hielten aber den Atem an, bis er sicher an Bord des Schiffes war.

Julia war die nächste, dann Jake. Trevor hatte erwartet, daß Emily sich im letzten Augenblick weigern würde, doch die Frau bewies Mut und balancierte mit Leichtigkeit über die Pfähle.

„Seht nur, da!" rief Julia aufgeregt und sah zum Hauptmast hoch. „Könnt ihr euch vorstellen, wie die Matrosen dort hochgeklettert sind?"

Trevor stand neben ihr und betrachtete das Holz. „Ich wette, dies ist eine sehr alte Fichte."

Jake und Emily kamen zu Trevor und Julia herüber, wobei sie vorsichtig die dunklen Löcher in den Planken umgingen, die besonders morsch aussahen. „Ich habe gelesen, daß Maine einmal bekannt war für seine riesigen Fichten", meinte Jake. „Die Briten sind früher hergekommen, um sich die besten für ihre Masten auszusuchen. Das heißt, bis wir sie vertrieben haben."

„Wie haben sie die Bäume aus dem Wald zur Werft transportiert?" fragte Emily.

„Nun, zuerst einmal haben sie die Bäume in der Nähe der Küste verwendet. Doch nach einer Weile wurden zu viele Schiffe gebaut ... die meisten von Shane Donnovan."

„Mein Ururgroßvater hat nicht sehr viel Umweltbewußtsein gehabt, nicht wahr?" fragte Julia zynisch.

„Besser Segelschiffe als Öltanker, die leckschlagen."

„Wie haben sie denn nun ihr Holz hergebracht?"

„Sie mußten tiefer in die Wälder des Nordens vordringen, dann fällten sie die Bäume, schleppten sie zum nächstgelegenen Fluß und warteten auf die Schneeschmelze."

„Auf die Schneeschmelze?" fragte Emily erstaunt.

„Sie fällten den ganzen Winter über", erklärte Jake, „brachten die Baumstämme ans Flußufer, und wenn das Wasser bei der Schneeschmelze stieg, trieben sie auf dem Fluß bis hin zum Meer. Dann hatte Großvater sein Baumaterial."

„Hast du das alles aus Geschichtsbüchern?" fragte Julia.

„Einiges. Gestern abend habe ich Shanes Logbücher in der Bibliothek gefunden."

„Du machst Witze."

„Nein. Er war noch produktiver als Ururgroßmama. Zwölf ledergebundene Bücher. Vorwiegend Schiffskram. Längengrade, Breitengrade. Ihr wißt schon, die technischen Daten."

„Oh Jake! Das ist ja toll! Mit Shanes und Annas Aufzeichnungen können wir einen großen Teil ihres Lebens nachvollziehen", rief Julia.

„Nun ... Anna hat sehr viel interessanter geschrieben als Shane. Er hält sich zu sehr an die Fakten. Anna ist diejenige, die uns einen wirklichen Einblick in ihr Leben verschafft."

„So was muß man den Frauen überlassen ...", meinte Trevor und blickte auf Julia hinab.

Sie lächelte ihn an und zog schelmisch die Augenbrauen in die Höhe. „Laßt uns auf Entdeckungsreise gehen."

„Julia, dieses Deck ist sehr morsch."

Trevors Warnung stieß auf taube Ohren. Sie hatte sich bereits in Bewegung gesetzt.

Er ging hinter Julia her und beobachtete sie, wie sie sich über den Rand eines großen Loches beugte und in das tiefergelegene Deck spähte. Die morschen Planken unter ihr gaben plötzlich nach, und sie verschwand vor seinen Augen.

Kapitel Sechsundzwanzig

„Julia!" rief Trevor. Er war vor Angst wie gelähmt.

Keine Antwort.

„Halt mich an den Füßen fest!" rief er Jake zu. Jake nickte nur und kam seiner Aufforderung nach.

Vorsichtig tastete er sich zu der Stelle vor, wo sie verschwunden war, doch er konnte nichts erkennen. Er blickte Jake an, der ihn fest an den Knöcheln hielt, dann auf die morschen Bretter vor ihm. „Ich muß noch weiter vor, um was sehen zu können! Halt mich ganz fest!"

„Ich passe schon auf", versprach Jake.

Mit fest zusammengebissenen Zähnen robbte Trevor vorsichtig weiter. Fast erwartete er, in dasselbe Loch zu fallen, in dem Julia verschwunden war.

Doch das Holz hielt seinem Gewicht stand. Vorsichtig spähte er über den Rand des Loches. „Julia!"

„Ich bin hier!" rief sie.

Seine Augen gewöhnten sich an die Dunkelheit. Er sah sie direkt unter sich liegen.

„Sind Sie in Ordnung?"

„Ich glaube, ich habe mir das Bein gebrochen. Doch noch mehr Angst macht mir, daß ich das Gefühl habe, bei der kleinsten Bewegung zum nächsten Deck durchzubrechen."

„In Ordnung. Verhalten Sie sich ruhig. Ich bin sofort zurück. Ich verspreche es."

Er rief über die Schulter: „Jake, zieh mich zurück!"

Jake zog so fest, daß Dutzende großer Splitter sich in Trevors Hemd und Brust bohrten. Vor Angst um Julia halb verrückt, bemerkte Trevor den Schmerz gar nicht. Er stand auf und holte ein Messer aus seiner Tasche. Damit schnitt er die alten Schiffsseile an den Stellen ab, wo sie begonnen hatten auszufransen, während er gleichzeitig Emily und Jake die Situation erklärte.

„Emily, ich glaube, daß Julia medizinische Versorgung braucht. Könnten Sie allein in die Stadt zurückfahren und Hilfe holen? Gehen Sie zu Tara, sie wird wissen, was zu tun ist."

„Ich bin schon unterwegs."

„Jake, wenn ich das Seil habe, werden wir uns zum unteren Deck durchschlagen. Ich glaube, das ist das beste. Sie liegt genau dazwischen und kann jeden Augenblick durchbrechen."

„Ich suche einen Weg nach unten."

Mit aller Kraft zog er an einem alten Segel und durchtrennte das Seil, das er brauchte. „Julia!“, rief er mit zusammengebissenen Zähnen. „Reden Sie mit mir!“

„Ich bin hier!“ Ihre Stimme klang schwach, obwohl sie sich Mühe gab, tapfer zu erscheinen. Er wollte sie so schnell wie möglich da herausholen.

„Ist Ihnen kalt?“

„Ja! Wie haben es diese Seeleute nur geschafft, warm zu bleiben?“

„Sie gingen nicht unter Deck, wenn sie nicht unbedingt mußten!“ Endlich hatte er das Seil durchgeschnitten. Trevor atmete tief durch. Seine Gedanken überschlugen sich. Er kämpfte gegen den Drang an, einfach durch das Loch ins Unterdeck zu springen. Er wollte sie in die Arme nehmen. Er wollte sie sicher an seiner Seite haben. *Lieber Herr, ich bin in Schwierigkeiten. Hilf uns! Ich werde ihr sagen, was ich für sie empfinde, ich verspreche es. Bitte, zeig mir einen Weg.*

„Hier herüber!“ rief Jake.

Trevor wickelte das Seil zusammen und warf es sich über die Schulter. „Ich komme! Julia, wir sind unterwegs!“

*

Jake hatte die Treppe gefunden, die ins untere Deck führte. Trevor stieg hinab. Seine Augen mußten sich erst an die Dunkelheit gewöhnen.

„Jetzt wird es aber auch langsam Zeit.“ Julia bemühte sich, ihre Stimme fröhlich klingen zu lassen.

Jake trat an Trevors Seite. „Julia? Bist du in Ordnung?“

„Ich lebe. Ich fühle mich nur so blöd, daß ich uns in diese Situation gebracht habe. Diese Planken hier unter mir geben jeden Augenblick nach.“

„Hier“, Trevor kam vorsichtig näher und warf ihr das Seil zu.

Es verfehlte sie nur um wenige Zentimeter.

Sie beugte sich vor, um es zu ergreifen.

„Julia, nein!" schrie Trevor.

Bei ihrer Bewegung gaben die Planken nach, und wieder verschwand Julia in den unteren Decks.

„NEIN!" schrien Jake und Trevor gleichzeitig. Sie hörten nur noch ein Krachen und das Platschen von Wasser. Ohne sich weitere Gedanken um die Stabilität der Planken zu machen, rannte Trevor zu dem zweiten Loch und blickte nach unten. Das spärliche Licht von oben schien auf das ölige Wasser unter ihnen. Julia war nicht zu sehen. Nur einige Luftblasen stiegen nach oben.

„Sie kommt nicht hoch!" rief Trevor außer sich vor Angst. „Bleib hier mit dem Seil! Wir werden dich brauchen!"

Mit diesen Worten ließ er sich durch das Loch nach unten gleiten. Er hielt sich an einer Latte fest, die noch einigermaßen stabil wirkte. In der Hoffnung, daß er nicht gerade auf sie fallen würde, ließ er sich los und fiel etwa drei Meter nach unten ins eisige Wasser. Er tauchte ein, tiefer und tiefer. Seine Muskeln zogen sich bei dem Temperaturwechsel protestierend zusammen, als er wieder auftauchte.

Oben angekommen, keuchte er nach Luft und rief nach ihr. „Julia! Julia! Siehst du sie, Jake?" Er blickte wild um sich, wußte nicht, wo er zuerst nach ihr suchen sollte.

„Sie muß immer noch unter Wasser sein! Vielleicht hängt sie irgendwo fest!"

Trevor holte tief Luft und tauchte erneut hinab in das dunkle Wasser. Er konnte absolut nichts sehen. Verzweifelt griff er um sich. *Gott! Bitte hilf uns!*

Er spürte nichts. Er mußte wieder heraufkommen, um Luft zu holen. Als er auftauchte, klapperten seine Zähne unkontrollierbar.

„Nichts?" rief Jake angstvoll.

Trevor ignorierte ihn, holte wieder Luft und tauchte noch tiefer. Er wollte gerade wieder auftauchen, als seine Finger etwas berührten, das sich anfühlte wie Haar. Er kämpfte gegen den Drang, Luft zu holen, an und schwamm näher darauf zu. Schon hatte er Julias Arm gepackt. Sie reagierte nicht. Er zog, doch er bekam sie nicht frei.

Sie war eingeklemmt.

Trevor konnte nicht anders, er mußte auftauchen, Luft holen und dann zurückkommen. Er wollte aufschreien. *Sie ist tot! Guter Gott, wie kann sie tot sein?* Er tauchte auf, und seine Lungen saugten den Sauerstoff ein, den sie brauchten. Er hörte nicht auf Jakes angstvolles Rufen. Trevor atmete tief ein und tauchte wieder. *Laß langsam die Luft entweichen ... so wird der Druck verringert.* Winzige Luftbläschen stiegen in einem stetigen Strom nach oben.

Eine seltsame Ruhe überkam ihn, als er wieder nach Julia tauchte. Instinktiv schwamm er zu ihren Füßen und tastete nach dem, was sie gefangenhielt. Ein Bein war seltsam verkrümmt, während das andere durch die Schiffsplanken gebrochen war. Mit beiden Händen befühlte Trevor die Ecken, stemmte sich mit den Füßen auf den morschen Planken des alten Schiffes ab und zog mit aller Kraft.

Kapitel Siebenundzwanzig

Die Planken gaben nach. Trevor packte Julias Arm und schwamm mit ihr an die Oberfläche. Als ihre Köpfe auftauchten, atmete Jake erleichtert auf. Trevor schwamm mit Julia zu einem Teil des Decks, der noch intakt zu sein schien.

Er erreichte die Plattform, und sie zogen Julia schnell aus dem Wasser. Keuchend untersuchte Trevor sie.

Keine Atmung. Kein Herzschlag.

„Trevor! Ist sie in Ordnung?"

Trevor konzentrierte sich nur auf sie. „Komm schon, Julia. Du kannst mich jetzt nicht im Stich lassen! Wir haben so viel zu tun. Denk doch an das Haus. Denk an mich! Ich habe noch nicht die Gelegenheit gehabt, dir zu sagen, wie ich für dich empfinde. Komm schon, Julia. Komm zurück zu mir! Ich muß dir doch sagen ..., daß ich dich liebe."

„Ich komme runter!" rief Jake.

„Nein! Du mußt uns herausziehen!"

„Bitte, Vater, hilf mir." Trevor hielt Julia die Nase zu, bog ihren Kopf zurück, legte seine Lippen auf ihre und blies ihr Luft in die Lungen, bis sie sich aufblähten. Das wiederholte er mehrere Male. Keine Reaktion, keine Atmung, kein Herzschlag.

Er suchte ihr Brustbein und drückte darauf, wie er es in einem Erste-Hilfe-Kurs gelernt hatte. „Wie oft habe ich schon?" rief er Jake zu, der halb duch das Loch herunterhing, um zu sehen, was unten vor sich ging.

„Achtmal. Nein, fünfmal. Ich weiß es nicht! Bitte laß sie nicht sterben!"

Trevor hörte bei acht auf und legte seine Lippen wieder auf ihre. Zweimal blies er Luft in ihre Lungen, dann begann er wieder mit seinen Bemühungen, ihr Herz zum Schlagen zu bringen. „Komm schon", murmelte er, während er in gleichmäßigen Abständen auf ihre Brust drückte. „Komm zurück zu mir." Wieder zweimal Luft in die Lungen.

Keuchend hielt Trevor inne, um ihre Lebenszeichen zu überprüfen. War das etwa ein Atemzug? Ein Herzschlag? Nein. Er machte sich wieder an die Arbeit. Gerade legte er erneut seine Hände auf ihr Brustbein, als sie anfing zu husten und das Wasser ausspuckte, das in ihre Lungen gelangt war.

„Julia!" Er richtete sie auf, während sie nach Luft rang und das Wasser ausspuckte, das sie beinahe getötet hätte. Schwach zeigte sie ihm mit der Hand an, daß sie sich wieder hinlegen wollte.

Er beugte sich über sie. „Bist du in Ordnung?"

Sie nickte erschöpft, unfähig zu sprechen, und hustete weiter.

Trevor stieß einen Freudenschrei aus. „Sie ist in Ordnung! Jake, sie ist in Ordnung!" Er blickte ihr in die Augen. „Du siehst aus wie eine nasse Katze, aber du bist trotzdem der schönste Anblick, den ich je gesehen habe."

Julia brachte ein schwaches Lächeln zustande, bevor sie wieder das Bewußtsein verlor. Trevor lauschte aufmerksam auf ihren Herzschlag und beobachtete ihre Atemzüge. Er war erleichtert zu sehen, daß sie immer stabiler wurden. „Ich glaube, sie ist über den Berg, doch sie ist wieder bewußtlos. Wir bringen sie jetzt besser in die Klinik."

„Ich glaube, da kommt Hilfe", sagte Jake.

„Gut, wir werden sie brauchen können."

⋆

Die Rettungsmannschaft kam, mit einer langen Rampe ausgestattet, die sie von der Pier bis zum Schiff ausfahren konnten. Sehr ruhig und bedacht schlug ihr Leiter mit einer Axt die morschen Bretter am Rand des Loches ab und blickte zu Jake hinunter. „Wie ist die Situation?"

„Trevor und meine Schwester befinden sich ein Deck tiefer. Sie fiel ins Wasser und ist bewußtlos. Vor einer Minute ist sie aufgewacht, aber wieder ohnmächtig geworden. Trevor sagt, daß sie atmet, aber er glaubt, daß sie einen Schock hat. Bei ihm kann es kaum anders sein, er war fast genauso lange im Wasser wie sie."

Tyler Adams wies einige Männer an, einen Hebekran aufzustellen, an dem eine gelbe Plastikbahre befestigt wurde. Der Hauptmast diente ihnen als Halt. Tyler band das Seil um den

Mast und fertigte aus dem anderen Ende einen provisorischen Sitz für sich. Wortlos ließ er sich durch das Loch hinab.

Über sein Funkgerät gab Tyler Anweisungen. Ein Mann vergrößerte das Loch, damit die Bahre durchpaßte. Dann legte er die Axt auf die Bahre und ließ sie zum unteren Deck hinunter, wo Jake ebenfalls das Loch vergrößerte.

Innerhalb von fünf Minuten hatten die Männer Julia aus dem Schiff geborgen. Emily beschloß, sie ins Krankenhaus zu begleiten und Jake und Trevor der Rettungsmannschaft zu überlassen.

*

Kurz nach dem Eintreffen in der Klinik erlangte Julia das Bewußtsein wieder. Zwei Krankenschwestern hatten ihr die nassen Sachen ausgezogen, ihr ein trockenes Nachthemd übergestreift und sie unter einen Haufen Decken gepackt.

Die Patientin blickte Emily an, die ihre Hand hielt. „Schätze, ich sollte wohl mehr auf mein Gewicht achten", meinte sie.

„Ich denke, wir sollten etwas vorsichtiger sein, wenn wir das nächste Mal auf Entdeckungsreise gehen", erwiderte Emily. „Ich bin froh, daß du noch am Leben bist, Julia. Das war knapp."

„Ich weiß gar nicht mehr so genau, was überhaupt passiert ist."

Jake hörte ihre Bemerkung, als er den Raum betrat. Das zweite Team eilte mit Trevor auf der Bahre gerade an ihrem Zimmer vorbei.

„Ich kann dir sagen, was passiert ist", sagte Jake und wendete sich seiner Schwester wieder zu. „Dieser Mann", er deutete auf die Tür, an der Trevor gerade vorbeigetragen worden war, „hat sein Leben riskiert, um dich zu retten. Du kannst mir nicht erzählen, er würde dich nicht lieben. Und wenn du einen Mann gehen läßt, der so verrückt nach dir ist, daß er bereit ist, sogar für dich zu sterben – dann bist du viel dümmer, als ich gedacht hätte. Wenn du ihn hättest beobachten können, dann würdest du Miles' Ring sofort abziehen."

„Jake, nun mach mal halblang. Laß mich doch erst einmal zu mir kommen, bevor ich eine Entscheidung treffe, die mein ganzes Leben beeinflussen wird."

„Dein Leben! Du wärst nicht mehr am Leben, wenn Trevor nicht gewesen wäre!"

„Jake", meinte Emily leise. „Beruhige dich doch."

„In Ordnung. Ich habe es kapiert. Ich verdanke dem Mann mein Leben. Wenn Trevor der Richtige für mich ist – und ich die Richtige für ihn –, dann werden wir es schon herausfinden. Und jetzt laß mich allein. Immerhin war ich dem Tode nahe!"

„Manchmal muß Gott zu einigen Leuten lauter sprechen als zu anderen. Du könntest das ruhig als einen Blitz betrachten."

Als Julia am folgenden Morgen erwachte, sah sie einen Riesenstrauß langstieliger roter Rosen auf dem Nachttisch stehen. Lächelnd griff sie nach der Karte.

Ich bin zu Tode erschrocken, als ich die Nachricht bekam. Ich kann ohne dich nicht leben. Bitte sage nächste Woche Ja. Für den Rest unseres Lebens möchte ich dich an meiner Seite wissen. Dein Dich liebender zukünftiger Ehemann Miles.

Immer wieder diese Frage. Was sollte sie tun? Sie bewunderte die roten Blüten und dachte, wie romantisch und lieb es von Miles war, so etwas zu tun. Doch Trevor war an ihrer Seite gewesen ... diesmal. Ihre Gedankengänge wurden von Jake, Emily und Trevor unterbrochen, die ihr Zimmer betraten.

„Sie ist wach!" Jake beugte sich herab und gab ihr einen Kuß auf die Stirn.

„Wie geht es Ihnen?" fragte Trevor ehrlich besorgt. Er setzte sich auf die Bettkante. In seinen Armen hielt Trevor einen riesigen Strauß Flieder, doch er schien ihn ganz vergessen zu haben, so gedankenverloren blickte er Julia an, die zerschunden, zerkratzt und ziemlich mitgenommen aussah.

„Ich bin ein wenig steif. Dieser Gips ist schrecklich. Wie soll ich nur damit klarkommen?"

„Nun, glücklicherweise haben Sie den stärksten aller Starken angeheuert ... Herkules, den Handwerker."

Emily kicherte und setzte sich auf die andere Seite von Julias Bett. „Gestern muß eine ganze Schar von Schutzengeln dich umgeben haben, ist dir das eigentlich klar?"

„Ich weiß. Ich habe ganz großes Glück gehabt. Gott muß wohl noch etwas mit mir vorhaben." Sie wendete sich Trevor zu. „Wollen Sie eine Vase für diese wundervollen Blumen holen, oder haben Sie die Absicht, sie wieder mit nach Hause zu nehmen?"

„Ich werde eine Vase suchen. Immer die Chefin, nicht wahr?"

„Es tut mir leid. Vielen Dank, daß Sie sie mir gebracht haben."

„Das ist schon besser. Gern geschehen. Ich werde eine Schwester um eine Vase bitten." Er ging davon, und Julia blickte eine Weile zur Tür, nachdem er fort war.

Jake räusperte sich. Julia blickte ihn an. „Es gibt einen großen Unterschied zwischen Miles und Trevor. Trevor stürzt sich ins Gebüsch, um dir die schönsten Blumen zu bringen, die er finden kann. Wir mußten ihn gestern praktisch hier herauszerren, damit er noch ein wenig Schlaf bekommt. Und um sieben Uhr weckte er uns gestiefelt und gespornt, um hierherzukommen.

In der Zwischenzeit haben wir den obligatorischen Telefonanruf bei Miles Beckley gemacht. Man übermittelt ihm die Neuigkeit – er klingt sogar besorgt! – und dann gibt er einen Auftrag an den nächstgelegenen Blumenladen. Hat er angerufen? Hat er daran gedacht herzukommen, um selbst nach dir zu sehen? Vermutlich nicht."

„Komm schon, Jake. Ich bin jetzt nicht in der Verfassung, mich mit dir zu streiten. Miles hat sich wirklich Sorgen gemacht. Vielleicht bist du nur mit deiner Meinung über ihn zu festgelegt."

Sie wurden unterbrochen von Trevor, der den Flieder in einer großen Vase zurückbrachte. Er stellte sie auf den Tisch hinter die Rosen.

„Der Arzt sagt, Sie könnten morgen nach Hause. Wenn Sie Lust haben, nehmen wir das Cabrio und fahren ein wenig herum und zeigen den beiden Cowboys hier einmal, was sie verpassen", meinte er.

„Klingt großartig. Wann kann ich hier raus?"

Wie auf ein Stichwort betrat eine attraktive Frau in einem weißen Kittel das Zimmer. „Hallo, Julia, ich bin Dr. Chambers."

Julia schüttelte ihr die Hand. „Und ... wie schlimm ist es?"

„Sie hatten Glück im Unglück. Sie haben sich den Knöchel glatt gebrochen. Wenn der Gips in sechs Wochen abkommt, sind Sie so gut wie neu."

„Sechs Wochen!"

„Manchmal dauert es auch länger."

„Noch länger!"

„Ich würde sagen, wir nehmen ihn nach sechs Wochen ab und sehen, wie es geworden ist. Ich möchte Sie gern noch einen Tag zur Beobachtung hierbehalten. Vermutlich können Sie morgen nach Hause. Aber versuchen Sie bitte, das Bein so viel wie möglich auszuruhen. Und wenn Sie unbedingt laufen müssen, dann nur mit diesen Krücken." Julias Widerwillen schreckte die Ärztin nicht eine Sekunde lang ab.

„Sie haben großes Glück gehabt, Julia. In den vergangenen fünf Jahren hatten wir drei Kinder hier, die auf diesem Schiff verunglückt sind. Eines davon ist von der Taille abwärts gelähmt. Ein anderes ist tot. Sie können froh sein, daß Sie mit einem gebrochenen Knöchel davongekommen sind." Mit diesen Worten verließ sie das Zimmer.

Die vier blieben schweigend zurück und dachten über ihre Dummheit nach. Nach einer Weile begann Jake, Witze zu erzählen, um die Stimmung zu heben. Als Julia schließlich müde wurde, beschlossen die anderen, nach Hause zu fahren und ihr Ruhe zu gönnen. Trevor war der letzte im Zimmer. Er wartete, bis die Rierdons außer Hörweite waren, dann ging er zurück zu der inzwischen dösenden Julia. Er setzte sich auf ihr Bett, nahm zärtlich ihre Hand, küßte sie auf die Stirn und starrte sie eindringlich an.

Schließlich erhob er sich. „Werde schnell gesund, mein Liebling", flüsterte er.

Als er den Raum verließ, öffnete Julia die Augen. *Werde schnell gesund, mein Liebling*. Seine Worte gingen ihr immer wieder durch den Sinn.

Kapitel Achtundzwanzig

Als die drei am folgenden Morgen in die Klinik kamen, sah Julia schon sehr viel besser aus. Eine Schwester hatte ihr die Haare gewaschen, und Emily hatte ihr frische Sachen zum Anziehen mitgebracht.

„Denken Sie daran, schonen Sie sich diese Woche", ermahnte Dr. Chambers sie. „Legen Sie das Bein viel hoch und gönnen Sie ihm Ruhe."

„Ich habe verstanden", erwiderte Julia. „Ich schätze, ich

werde Ihnen eine Zeitlang keine Hilfe sein", meinte sie zu Trevor. Ihre Stimme klang so zärtlich, daß er nochmal zu ihr hinsah; ihr Blick bestätigte ihm, was er gehört hatte, und sein Herzschlag beschleunigte sich.

Die Ärztin verließ das Zimmer, und Emily ergriff als erste die Initiative. „Jake, würdest du bitte den Wagen vor den Eingang fahren? Trevor, Sie können die Blumen nehmen und draußen warten, während ich Julia helfe, sich anzuziehen."

Alle sprangen auf und taten, was ihnen aufgetragen worden war. Im stillen dachten sie darüber nach, was passiert wäre, wenn Julia oder Trevor – oder beide – in dem schlammigen Wasser ertrunken wären. Trevor schüttelte die Gedanken ab, als er mit den Armen voller Blumen vor Julias Tür stand. In einem Arm hielt er die Rosen, in dem anderen den Flieder.

Er blickte von einem Strauß zum anderen und dachte an sein Versprechen, das er Gott gegeben hatte. Er wollte ihr sagen, wie er für sie empfand. *Ich liebe sie. Ich liebe sie! Ich muß es ihr sagen.* Er fragte sich, ob es richtig war. Würde eine Liebeserklärung sie nicht nur verwirren? Zuerst mußte sie entscheiden, ob sie Miles liebte oder nicht. Trevor durfte sich da nicht einmischen. *Es tut mir leid, Vater. Vielleicht später …*

Julia kam auf ihren Krücken angehumpelt. Sie blickte auf ihr Gipsbein hinunter. „Schön, nicht? Und bitte keine Bemerkung zu meinen winterweißen Beinen."

„Keine Bemerkung", erwiderte Trevor. Durch die riesigen Blumensträuße hindurch bewunderte er ihr wohlgeformtes Bein, trotz ihrer Schürfwunden und Kratzer.

*

Mike saß auf einem Barhocker und löffelte lustlos seine Suppe.

Tara kam zu ihm herüber. „Also, raus damit, Mike, was ist los?"

„Nichts.“

„Na, komm schon. Was ist los?“

„Es geht um meinen Dad. Seit ihr zwei euch neulich abends gestritten habt, ist er schlechter Laune. Er sagt, ich solle nicht so oft herkommen und dich belästigen.“

Tara fuhr Mike durch die Haare. „Sieh mal, dein Vater hat eine ganze Menge zu verarbeiten. Er muß sich innerlich so weit von deiner Mutter lösen, daß er sich mir zuwenden kann. Das ist nicht leicht, Mike. Er vermißt sie sehr – wie wir alle. Aber er muß endlich aufhören, so sehr um sie zu trauern, daß er nicht mehr richtig leben kann. Ich konnte es einfach nicht mehr ertragen, verstehst du? Wenn wir nur Freunde sein wollen, dann ist das in Ordnung. Doch wenn daraus mehr werden soll, dann ist es an der Zeit, einen Anfang zu machen. Du und ich, wir sind bereit dazu. Doch dein Vater ... er kämpft noch mit sich. Laß uns für ihn beten, daß er die richtige Entscheidung trifft, egal was wir uns wünschen, in Ordnung?“

Mike nickte ernst. „Ich hoffe –“

„Nein, Mike. Wir wollen nicht mehr hoffen. Wir wollen einfach abwarten. Wir wollen warten, was Gott und Ben beschließen.“

Wieder nickte Mike, dann rutschte er von seinem Barhocker. Er blieb stehen und blickte sich in dem leeren Restaurant um. „Meinst du, du könntest kurz mit mir beten, Tara? Ich bin nicht so besonders gut darin.“

„Komm her“, sagte sie leise. Sie beugte sich über den Tresen und nahm seine Hände. „Es gibt kein schlechtes Gebet, Mike. Gott hört uns, egal was wir sagen und wie wir es sagen.“

„Trotzdem, ich fände es besser, wenn du betest.“

Sie nickte und lächelte ihn liebevoll an, und sie neigten die Köpfe.

*

Julia, Trevor, Emily und Jake fuhren trotz des kühlen Wetters den ganzen Nachmittag an der Südküste Maines herum. Es waren nicht viele Autos auf der Straße. Sie sprachen nur wenig, dachten darüber nach, wie glücklich sie sich schätzen konnten, die Seeluft einzuatmen, an Bäumen, Felsen und dem Meer vorbeizufahren und auf das Rauschen der Wellen zu hören.

Julia blickte zu Trevor hinüber, der gedankenverloren die Landschaft betrachtete. Sie war unsagbar froh, daß er die Rettungsaktion überlebt hatte. Vorsichtig nahm sie seine Hand.

Er blickte sie erstaunt an.

„Vielen Dank", flüsterte sie.

Unerwartet wurden seine Augen feucht. „Gern geschehen", flüsterte er zurück.

*

Jake und Emily reisten wenige Tage später ab. Trevor hatte Julia immer noch nicht gesagt, was er für sie empfand. An diesem Abend lud sie ihn ein, mit ihr zusammen zu Abend zu essen und in Annas Tagebüchern zu lesen. Er nahm die Einladung an. Der Gedanke, mit ihr allein zu sein, machte ihn schwindelig. Die Arbeit am Haus ging nun langsamer voran. Trevor verlegte neue Kabel und Leitungen, sorgte aber gleichzeitig auch dafür, daß Julia sich erholen konnte. Den größten Teil der vergangenen Woche hatte sie damit verbracht, Shanes Logbücher zu lesen.

Aufgeregt erzählte sie Trevor, daß Shanes erste Reise ein riesiger Erfolg gewesen war. „Er ist nicht auf See gestorben! Anna hatte so ein ungutes Gefühl gehabt, daß ich schon befürchtete, er könnte nicht mehr zurückkommen."

„Weibliche Intuition?"

„Vermutlich.“

„Ist Shane eigentlich wirklich auf See gestorben?“

„Ich glaube schon. Ich weiß nicht, ob er gestorben oder einfach nicht mehr nach Hause gekommen ist. Ich denke, wir werden es herausfinden. Doch mir graut vor diesem Teil. Ich kann ihre Liebe fast körperlich fühlen, und ich kann es nicht ertragen, daß sie zu Ende sein soll.“

Trevor blickte sie eindringlich an. Julia sah sich gerade die neuen Leitungen im Wohnzimmer an und bewunderte seine saubere Arbeit. „Wir sehen uns in einer Stunde“, sagte er. „Ich sorge für das Abendessen. Sie bleiben, wo sie sind.“

„Jawohl, Sir.“

*

Trevor war zu müde, um selbst zu kochen, darum holte er bei Tara Lasagne, Salat und Weißbrot, bevor er zum Haupthaus herüberkam. Er dachte darüber nach, daß er Julia vor ein paar Tagen beinahe verloren hätte und daß er sie tatsächlich verlieren würde, wenn sie Miles heiratete.

Der Anblick ihres leblosen Körpers in seinen Armen verfolgte ihn. Konnte Miles so auf sie aufpassen wie er? Wäre er ihr nachgesprungen? Oder hätte er einfach nur um Hilfe gerufen und gewartet, bis es zu spät war? Trevor versuchte, die Gedanken an Miles zu verdrängen. Er wollte nicht schon wieder wütend werden und sich den kostbaren Abend mit Julia verderben.

Er parkte das Motorrad, nahm den Picknickkorb vom Rücksitz und rannte die Stufen hoch. Der Anblick von Julia, die ihm die Tür öffnete, verwirrte ihn.

Ihr Haar fiel ihr wie ein goldener Wasserfall über die Schultern, und ihre dunkelblauen Augen strahlten ihn an. Die Schürfwunden und Schwellungen in ihrem Gesicht und an den Armen waren größtenteils verheilt. Sie trug Leggings und einen weiten Pullover, der ihr fast bis zu den Knien reichte. Trotz des Gipsbeins sah sie bezaubernd aus.

„Kommen Sie herein. Sie hätten doch den Wagen nehmen können, das wissen Sie doch“, sagte sie.

Trevor fand seine Stimme wieder. Betont forsch marschierte er an ihr vorbei. „Ich weiß, aber ich mußte mal wieder mein Motorrad bewegen. Seit Jahren bin ich nicht mehr so seßhaft gewesen. Es tut gut, dann und wann wieder einmal auf der Straße zu sein. Ich habe dann das Gefühl, ich würde fliegen.“

„Das kann ich verstehen“, sagte sie leise. Nach einer Weile folgte sie ihm in die Küche. „Immerhin sind Sie gerade von einer zwölfjährigen Odyssee zurückgekehrt. Ich bin erstaunt, daß Sie noch nicht unter Platzangst leiden.“

Er holte Brot, Salat und die Lasagne aus dem Korb. „Ich habe viel Ablenkung, es ist mir gar nicht richtig aufgefallen ... Sie wissen schon, das Haus und alles.“

„Ich weiß. Die Tage fliegen nur so dahin. Es gibt so viel zu tun. Ich habe den Eindruck, ich würde aufstehen, essen und arbeiten. Und dann weiß ich nur noch, daß es Zeit ist, ins Bett zu gehen!“

Trevor holte zwei Teller aus dem Schrank und verteilte das Essen darauf. „Wie Sie sehen können, habe ich Tara für uns kochen lassen.“

„Eine gute Entscheidung. Wir wollen im Wohnzimmer essen. Dann brauche ich nachher nicht mehr aufzustehen. Sie können mich auch einen Faulpelz nennen.“

„In Ordnung, Faulpelz, nehmen Sie diese Krücken und folgen Sie mir. Das Wohnzimmer ist unser Ziel.“ Trevor nahm die Teller und ging voraus. Er stellte sie auf dem Tisch beim Feuer ab. Im Kamin brannte ein anheimelndes Feuer, und sie unterhielten sich angeregt, vorwiegend über Jake und Emily.

„Ich vermisse die beiden schon“, sagte Trevor.

„Ich auch."

„Wie wär's, wenn Sie mir von Anna und Shane berichteten?"

„Gut. Also, sie sind gerade nach Maine gezogen. Ich glaube, das letzte, was Sie gehört haben, war drei Jahre zuvor in Annas Tagebüchern. Die *Currier* hat nicht nur ihre erste Reise erfolgreich zurückgelegt, sondern noch viele andere danach. Der Goldrausch in Kalifornien ging auf seinen Höhepunkt zu, und schnelle Schiffe wurden gebraucht. Mein Ururgroßvater zog nach Maine, nachdem er mit Mr. Hammond eine Auseinandersetzung hatte.

Anna hatte Angst, Mr. Hammond würde nach Shanes Plänen weiterbauen. Doch glücklicherweise hatte Shane einige Verbesserungen im Sinn. Diese Schiffe, die wir in der alten Werft gesehen haben, stellten die Schiffsindustrie auf den Kopf. Er baute immer schnellere Schiffe."

„Bei welchem Tagebuch sind Sie?"

„Bei Nummer sechs."

„Nun, dann lassen Sie hören! Ich habe das Gefühl, als hätte ich viel verpaßt."

„Einverstanden. Können Sie mir das braune Buch vom Tisch in der Bibliothek holen?"

„Bin schon unterwegs."

Julia sah Trevor bewundernd nach, als er hinausging, um das Buch zu holen. Er trug Jeans und ein dunkelblaues Sweatshirt – und sah selbst in diesen lässigen Sachen umwerfend aus. Von der Fahrt auf dem Motorrad hatte er rote Wangen, die ihn noch gesünder und vitaler aussehen ließen als gewöhnlich.

Kapitel Neunundzwanzig

Als Julia das Tagebuch in Händen hielt, öffnete sie es und begann zu lesen.

14. Mai 1848
Morgen wird die „Donnovan" vom Stapel gelassen! Meine Freude würde vollkommen sein, wenn nicht alte Alpträume mich immer noch verfolgen würden. Seit die „Vogelflug" im vergangenen Jahr direkt nach dem Stapellauf untergegangen ist, besteht Shane darauf, jedes Schiff bei seiner Jungfernfahrt selbst zu steuern. Er ist überzeugt davon, daß die „Vogelflug" hätte gerettet werden können, wenn er an Bord gewesen wäre. Immer wieder muß ich daran denken, wie das Schiff auf unerklärliche Weise gesunken ist. Die armen Seeleute sprangen außer sich vor Angst ins Wasser, als das Schiff Feuer fing. Fast alle sind umgekommen.
Durch diese immer noch sehr lebendigen Erinnerungen finde ich nicht die Kraft, mich mit Shane auseinanderzusetzen. Ich möchte einfach nur jede Erinnerung an dieses Schiff beiseite schieben und versuchen zu vergessen. Immer wieder träume ich davon, daß Shane an Bord eines seiner Schiffe in einen heftigen Sturm gerät oder in Flammen aufgeht. Im tiefsten Innern glaube ich, daß er eher mit dem Schiff untergehen würde, als es zu verlassen.

18. Mai 1848
Ich muß gestehen, daß ich mir wünsche, schwanger zu werden, um Shane an meiner Seite zu halten. Seit dem Stapellauf der „Currier" bin ich nicht mehr mit solcher Angst im Herzen aufgewacht. Immer wieder sage ich mir, daß er das ja überlebt hat; er wird auch von dieser Reise gesund zurückkehren. Doch mein Herz läßt sich

nicht überzeugen. Es schreit auf. Ich habe das Gefühl, daß Gott mir etwas sagen will, doch Shane will nicht auf mich hören.
Gestern abend hat er mir ein Geschenk gemacht, einen Wollburnus aus Marokko, den er während seiner letzten Reise gekauft und versteckt hat. Er ist wundervoll, schwarz mit in Satin eingefaßten Rändern. Er legte mir das Cape um die Schultern und setzte mir die Kapuze auf. Dann blickte er mir in die Augen und sagte: „Trage dies und halte jeden Abend auf den Klippen Ausschau nach mir. Ich will mich beeilen, zu dir zurückzukommen. Ich werde an nichts anderes denken können als an meine schöne Frau, die zu Hause auf mich wartet."
Ich habe ihm meine Ängste mitgeteilt. Doch er sagte nur: „Darum sollst du Ausschau nach mir halten und dir wünschen, daß ich nach Hause komme. Gott wird unsere Gebete erhören und uns wieder vereinen. Hab keine Angst." An diesem Nachmittag ist er an Bord der „Donnovan" abgefahren. Es ist ein beeindruckendes Schiff, das eindrucksvollste, das er je gebaut hat.

Trevor räusperte sich nervös. Julia blickte erschrocken auf. Sie hatte ihn noch nie so unbehaglich gesehen.

„Soll ich Ihnen was sagen?" fragte er.

„Was denn?"

„Als ich vor vier Jahren in Marokko war, habe ich einen Burnus gekauft, der genauso aussieht wie der, den Anna beschrieben hat."

„Sie machen Witze!"

„Nein. Ich bin gleich zurück." Er eilte zur Tür hinaus und kehrte wenige Minuten später atemlos zurück.

Trevor hielt Julia das Cape hin. Sie schnappte nach Luft. „Es ist wirklich wunderschön. Ich kann verstehen, warum Anna sich so gefreut hat."

„Es ist für Sie."

Julia blickte ihn an und schüttelte den Kopf. „Oh, Trevor, so ein Geschenk kann ich doch nicht annehmen."

„Doch. Sie müssen. Vor vier Jahren habe ich es gekauft mit dem bestimmten Gefühl, das ich die Person treffen würde, die es tragen kann. Wer wäre besser dazu geeignet als Sie?"

Ihr wurde klar, daß er fest entschlossen war. „Vielen Dank", sagte sie leise.

„Bitte. Wenn ich von hier fortgehe, werde ich mir vorstellen, daß Sie es tragen und oben auf den Klippen stehen, genau wie Anna."

Julia war sprachlos. Das Wort *fortgehen* versetzte ihr einen regelrechten Stich, raubte ihr den Atem. Sie bemühte sich darum, ihre Fassung wiederzugewinnen, und suchte nach den richtigen Worten. „So ... Sie denken also daran, bald fortzugehen?"

Trevor erhob sich, blickte in die schwarze Nacht hinaus und lauschte auf das Rauschen der Wellen. Er wappnete sich für seine nächsten Worte. „Sicher. Kann ja nicht ewig hierbleiben. Ob Sie es glauben oder nicht, eines Tages wird das Haus tipptopp sein. Und wenn Sie und Miles im Sommer heiraten, werden Sie mich nicht mehr brauchen."

„Seien Sie doch nicht dumm", sagte sie leicht verärgert. „Natürlich werden wir Sie brauchen."

Trevor hatte das „wir" bemerkt. Sein Herz wurde schwer. Sie hatte ihre Entscheidung also getroffen. *Keine Hoffnung*. Er schützte Müdigkeit vor und streckte sich. „Wir werden sehen, wie sich alles entwickelt. In der Zwischenzeit gehe ich besser schlafen. Vielen Dank für Ihre Gesellschaft beim Abendessen. Bis morgen."

„Danke für die Lasagne. Und den Burnus."

Wortlos verschwand er in der Dunkelheit. Der Kummer nagte an ihm. Er wollte das Haus verlassen, bevor sie ihm seine Gefühle anmerken konnte.

Julia saß in ihrem Sessel und starrte auf das Cape. Noch lange, nachdem er gegangen war, lauschte sie auf das Rauschen des Meeres.

*

Miles' Ankunft war für Julia eine Erleichterung. Seine Anwesenheit würde eine Entscheidung herbeiführen, so oder so, und ihrer Qual ein Ende setzen – der Qual, zwischen Trevor und Miles wählen zu müssen. Trevor. Endlich hatte sie sich ihre Gefühle für ihn eingestanden. *Aber du kannst eigentlich nicht zwischen einem Mann wählen, der dich beständig liebt, und einem, der jeden Augenblick wieder aus deinem Leben verschwinden kann. Trevor hat nichts gesagt, das mich annehmen ließe, er würde für immer bleiben.* Sie verdrängte die Erinnerung an seine Blicke und die Worte in der Klinik.

Miles trat hinter Julia, die gerade das Geschirr spülte, und nahm sie in die Arme. „Hast du deine Entscheidung getroffen, mein Liebling?"

Seine Worte ließen Julia zusammenzucken. Schnell nahm sie einen weiteren Topf und begann, ihn wild zu schrubben. Sie zwang sich zu einem Lächeln und blickte Miles ruhig an. „Beinahe. Wie wär's, wenn wir beim Abendessen darüber sprechen?"

„Prima. Kann ich dir helfen?"

„Nein, vielen Dank. Ich bin gleich fertig."

„Darfst du das Bein denn schon so stark belasten?"

„Es ist alles in Ordnung, Miles."

„Gut. Hast du etwas dagegen, wenn ich mich ein wenig umsehe?"

„Geh nur. Ich komme gleich nach."

Während Miles sich ansah, welche Fortschritte im Untergeschoß erzielt worden waren, arbeitete Ben mit Trevor auf dem Dachboden. Nach wie vor fuhr Ben zum Fischen aufs Meer, doch er wollte sich noch ein wenig für Mikes Studium nebenher verdienen. Hier im Haus hatte er die Möglichkeit dazu.

Trevor schnitt ein langes Stück dickes rotes Isolierband ab

und legte es zwischen den Dachbalken und die Dachpfannen. Es verfing sich an einem Nagel und zerriß. Wütend fluchte er und trat nach einem Balken.

„Was ist los mit dir?“ fragte Ben.

Trevor hielt inne, dann setzte er sich neben seinen Freund. „Es tut mir leid. Ich hasse es, mit diesem Zeug zu arbeiten. Ich habe genug.“

„Miles Beckley kommt heute an, nicht wahr?“

Erstaunt blickte Trevor Ben an. Der Mann wußte genau, was los war, obwohl sie nie über seine Beziehung zu Julia gesprochen hatten.

Trevor sah zu Boden. „Es macht mich fertig.“

„Ich kann verstehen, was du durchmachst. Ich bin innerlich so zerrissen wegen Tara, daß ich kaum noch schlafen kann. Ein Teil von mir möchte geradewegs zu ihr gehen und ihr einen Heiratsantrag machen. Der andere hält mich zurück. Ich möchte nicht noch einmal um eine Frau trauern müssen.“

Trevor legte Ben ermutigend die Hand auf die Schulter. „Dann sitzen wir beide also im selben Boot, ja? Ich dachte, ich sei der einzige, der Angst hat, seine Gefühle einzugestehen.“

„Seine Gefühle einzugestehen?“ fragte Miles, der seinen Kopf gerade durch die Öffnung im Dachboden steckte. Er kletterte hoch und klopfte sich den Staub von der Hose. „Na, worüber unterhaltet ihr euch denn?“

Er blickte Trevor direkt an. In seinem Blick lag keine Spur der Freundlichkeit, die er mit seinen Worten zu vermitteln schien.

Trevor stand auf. „Guten Tag, Mr. Beckley“, begrüßte er ihn ohne Wärme. Nicht einen Augenblick wendete er seinen Blick von ihm ab.

Ben stand neben ihm. Miles sah ihn an. „Mein Name ist Miles. Und Sie sind …?“

„Ben DeBois.“ Er streckte ihm seine Hand hin, und Miles schüttelte sie kräftig.

„Nun, Ben, ich glaube, Ihr Freund und ich haben etwas zu besprechen. Hätten Sie etwas dagegen, uns allein zu lassen?“

„Ich glaube, ich hole mir etwas zu trinken. Willst du auch etwas, Trevor?“

„Nein, danke.“

Die beiden Männer starrten sich an, bis Ben die Leiter hinuntergestiegen und außer Hörweite war.

„Nun, Kenbridge, ich habe den Eindruck, daß mit Julia eine Veränderung vorgegangen ist, die mir gar nicht gefällt. Sie ist mir gegenüber viel distanzierter als sonst. Ich glaube, daß Sie versuchen, sich zwischen uns zu drängen. Und ich denke, daß ich gerade rechtzeitig gekommen bin, um Ihre Bemerkung über das ‚Eingestehen von Gefühlen‘ mitzubekommen. Was genau haben Sie damit gemeint?“

„Das geht Sie nichts an.“

Miles preßte die Lippen aufeinander. „Ich bin der Meinung, daß es mich sehr wohl etwas angeht. Ihre Gefühle haben nicht vielleicht etwas mit meiner Verlobten zu tun?“

„Vielleicht.“ Trevor ging einen Schritt auf Miles zu.

„Ich habe Ihnen gesagt, Sie sollen sich von ihr fernhalten.“

„Und ich habe beschlossen, Ihren Befehl zu ignorieren.“

„Ich werde nicht dulden, daß irgend so ein hergelaufener Vagabund sich in Julias Leben einmischt. Sie sind nicht gut genug für sie.“

Trevor lachte auf. „Aber Sie, ja? Sie sind der oberflächlichste Typ, den ich je kennengelernt habe. Sie sind zu lange fortgewesen, Miles. Es hat mir Spaß gemacht, Julia kennenzulernen.“ Er überließ es Miles, seine eigenen Schlußfolgerungen zu ziehen, und hoffte, daß die Bemerkung nicht ihr Ziel verfehlen würde.

Und so war es auch. Miles’ Faust landete unverhofft auf Trevors Kinn und schickte ihn rückwärts in einen Ballen Isoliermaterial.

Sofort rappelte Trevor sich wieder hoch und ging wütend

auf Miles los. Er boxte ihn in den Magen und schlug ihm sein Knie ins Gesicht. Während seiner vielen Reisen hatte er gelernt, wie man sich verteidigt.

Miles rang nach Atem, ging aber sofort wieder auf Trevor los. Er packte ihn und warf ihn zu Boden. Ihrer beider Gewicht war jedoch zu viel für die alten Bretter. Sie gaben nach, und die beiden brachen mit einem lauten Krachen durch die Bretter hindurch in eines der Schlafzimmer im Nordwestflügel.

Hustend und spuckend rangen sie nach Luft. Trevor rieb sich seine schmerzende Schulter, während Miles mühsam aufstand.

„*Was ist denn hier los?*" rief Julia und blickte wütend von den Männern zu dem Loch in der Decke.

Kapitel Dreißig

Miles deutete auf Trevor. „Dieser Mann hat angedeutet, daß er dir zu nahe gekommen ist! Da bin ich natürlich auf ihn losgegangen!"

„Sie haben *was*?" fragte sie Trevor.

Er war wie erstarrt. Wie sollte er das erklären? „Ich kann verstehen, warum er so etwas angenommen hat, doch ich wollte ihm ganz sicher keine falsche Vorstellung von unserer Beziehung vermitteln."

„Und welche Vorstellung war das?"

Trevor schluckte. Er fürchtete ihre Reaktion. „Daß Sie und ich mehr als eine platonische Freundschaft entwickelt haben."

„Da hast du's!" meinte Miles zufrieden. Ben sah vorsichtig um die Ecke.

„Einen Augenblick -" begann Trevor.

„Sie haben es tatsächlich gewagt, meinem Freund gegenüber anzudeuten, daß daß wir uns *körperlich* nähergekommen wären? Ist es das? Wie stehe ich denn jetzt da?" wütete sie.

„Nun, sozusagen körperlich. Wie oft waren wir nahe dran, uns zu küssen? Auch Sie müssen daran gedacht haben. Jedesmal wenn ich in Ihrer Nähe bin, raubt es mir den Atem. Ich habe Sie aus diesem Schiff gerettet! Das war körperlich, oder nicht?"

„Also, das ist doch – ich dachte, Sie wären ehrlicher."

„Da siehst du, Liebling -"

„Und *du*, Miles, ich dachte, du wüßtest es besser, als dich in einen Boxkampf einzulassen. Du kannst nicht ganz unschuldig an dem Ganzen sein. Du kommst her und erzählst mir, du würdest nach Boston ziehen, und während ich die Neuigkeit noch verdaue, greifst du meinen Angestellten an, und innerhalb von fünfzehn Minuten nach deiner Ankunft krachst du mit ihm durch die Decke des Dachbodens. Ich kann dich hier nicht brauchen, wenn du dich so verhältst. Dieses Haus soll repariert werden, nicht zerstört."

„Julia, ich -" begann Trevor erneut.

„Nein! Ich will mit keinem von euch sprechen!" Sie stürmte aus dem Schlafzimmer. „Ben, bitte achten Sie darauf, daß sie sich nicht gegenseitig in Stücke reißen", sagte sie zu Ben.

Ben nickte und versuchte, nicht zu lachen, als er in die schmutzigen, verblüfften Gesichter der beiden Kampfhähne blickte.

*

Früh am folgenden Morgen wurde Julia durch das Läuten der Türglocke aus ihren Gedanken gerissen. Sie ging zur

Tür, um zu öffnen. Es war wohl Miles. Am Abend zuvor hatte sie ihn fortgeschickt. Sie war zu erschöpft gewesen, um sich mit ihm oder Trevor auseinanderzusetzen. *Heute bin ich auch nicht in der Stimmung dazu.* Draußen regnete es. Das Wetter paßte hervorragend zu ihrer Stimmung. *Ich will einfach nur allein sein.*

Miles stand vor der Tür. Er war vollkommen durchnäßt, doch er lächelte sie an.

„Komm herein", forderte sie ihn widerstrebend auf.

Er schüttelte das Wasser von seinem Mantel und seinem Haar, putzte sich die Schuhe ab und kam herein. Er blickte sie traurig an. „Ich komme mit einem Friedensangebot." Er griff unter seinen Trenchcoat und holte ein kleines Kätzchen hervor. „Die ist für dich." Das Tier miaute kläglich.

„Miles! Die ist ja süß!" Julia nahm das Kätzchen und drückte es an sich.

„Julia, ich war gestern abend nicht ganz bei mir. Es tut mir leid. Dieser Kenbridge treibt mich zum Wahnsinn. Ich weiß nicht, warum ich es so weit habe kommen lassen."

Sie standen verlegen in der Eingangshalle. Julia blickte das Kätzchen an, das seine Krallen in ihren Pullover grub und an ihr hochkletterte. Sie seufzte. „Hier, nimm die Katze. Mit den Krücken kann ich sie nicht tragen. Wir wollen eine Tasse Tee trinken und reden."

⋆

Miles' Aufmerksamkeit besänftigte Julia ein wenig, und die Spontaneität seiner Geste erstaunte und überraschte sie. Sie saßen in der Küche zusammen, und Miles bestand darauf, den Tee für sie beide zuzubereiten. Julia beobachtete ihn bei der Arbeit; das Kätzchen hatte sich auf ihrem Schoß zusammengerollt.

Sorgfältig stellte Miles die Tassen auf den Tisch, dann setzte er sich neben Julia und nahm ihre Hand. „Julia, ich hoffe, du machst deine Entscheidung nicht von meinem gestrigen Verhalten abhängig. Ich schwöre dir, ich weiß nicht, was über mich gekommen ist. So etwas wird nicht wieder passieren."

Sie entzog ihm ihre Hand und legte sie an seine Wange. „Wir wollen das Ganze vergessen, Miles. Gib mir nur noch ein wenig Zeit."

„Wie lange noch, Julia? Sollten wir nicht endlich Nägel mit Köpfen machen? Ich möchte, daß du meine Frau wirst. Ich möchte wissen, woran ich bin."

Ich weiß. Ich möchte auch wissen, woran ich bin.

Julia betrachtete das Kätzchen, das friedlich auf ihrem Schoß schlief. „Noch eine Woche. Ich verspreche, ich werde dir dann eine Antwort geben."

*

Zwei Tage später hatten Trevor und Julia immer noch kein Wort miteinander gewechselt. Nach Miles' Abreise schluckte Trevor seinen Stolz hinunter und ging zu ihr.

„Sehen Sie, Julia, es war falsch von mir, so etwas zu Miles zu sagen", begann er. *Wie kannst du überhaupt nur in Erwägung ziehen, jemanden wie ihn zu heiraten? Du solltest hören, wie er über dich spricht! Du bist für ihn nichts weiter als eine Trophäe, die es zu gewinnen gilt!*

„Das ist alles?"

Trevor kämpfte gegen den Drang an, seine Gründe in Worte zu fassen. „Das ist alles."

„Warum?"

„Was meinen Sie?"

„Warum sind Sie auf ihn losgegangen?"

„Ich mag ihn nicht. Er mag mich nicht. Früher oder später mußte es zu einer Auseinandersetzung kommen." *Weil ich dich liebe.*

„Wie alt sind Sie? Vierzehn? Ich hatte Sie für klüger gehalten. Sie haben ihn doch einfach aus Streitlust provoziert."

Er wendete den Blick ab.

„Bitte machen Sie heute mit den Schlafzimmerwänden weiter. Ich möchte, daß sie wie geplant nächste Woche fertig sind." Ihr Tonfall war eisig.

„Wie Sie wünschen", erwiderte er.

Miles kam am folgenden Wochenende wieder. Er war vollkommen verändert, außergewöhnlich fröhlich, da er gerade einen reichen Klienten bekommen hatte, und zum erstenmal nicht im Anzug. Vor allem sein Wagen erstaunte Julia – er fuhr einen roten Landrover. „Ich will ihn mal ausprobieren", erklärte er, als sie aus der Haustür trat, um ihn zu begrüßen. „Vielleicht können wir uns ja jetzt, wo ich Geld habe, einen kaufen." Miles nahm Julia in die Arme und wirbelte sie herum.

„Wie geht es dem Bein?"

„Es macht Fortschritte. Der Gips wird bald abgenommen. Ich kann es kaum erwarten."

„Es muß doch schwierig sein, in diesem alten Haus und all der Arbeit damit klarzukommen. Aber du scheinst dich ganz gut arrangiert zu haben."

„Dank Trevor", erwiderte sie leise. Als sie sein Stirnrunzeln sah, wechselte sie schnell das Thema. „Miles, du siehst großartig aus", meinte sie und bewunderte seine nagelneue Jeans, seine derben Stiefel und das langärmelige Baumwollhemd.

„Ja, ich wollte mal etwas anderes ausprobieren. Ich komme ja, um mir deine Antwort abzuholen, die wir letztes Wochenende verschoben haben. Ich dachte, ich passe so vielleicht besser in deine Träume."

„Ich weiß nicht, was ich sagen soll ..."

„Sag einfach gar nichts! Wir wollen hineingehen und sehen, was wir tun können."

Noch nie hatte sie Miles so glücklich gesehen, so aufgeregt. *Vielleicht habe ich mich in ihm getäuscht. Vielleicht habe ich doch die ganze Zeit recht gehabt … er ist der Richtige für mich. Er bemüht sich doch wirklich.* Sie erinnerte sich plötzlich daran, wie sie sich in Miles verliebt hatte.

Er stellte sich hinter sie, umarmte sie und küßte sie auf den Nacken. Sie kicherte und stieß ihn fort. Seine gute Laune war ansteckend.

„Ich habe dich so vermißt", flüsterte er.

Julia setzte sich auf die zweite Treppenstufe und beobachtete ihn, wie er sein Gepäck holte. Sie konnte es nicht ertragen, ihm zu sagen, daß sie starke Bedenken wegen der Heirat hatte. *Es ist richtig,* redete sie sich ein. *Es ist richtig.*

„Soll ich den Grill anwerfen und uns Steaks zum Abendessen machen?"

„Klingt gut", erwiderte sie. „Ich habe wer weiß wie lange nicht mehr gegrillt. Ich mache uns Kartoffeln und Salat dazu."

„Nein, das wirst du nicht", widersprach er ihr. „Du mußt dich schonen. Ich werde das übernehmen."

„Miles, was ist denn nur in dich gefahren?"

„Nun ja, in einem Jahr habe ich mein Gehalt verdoppelt. Ich ziehe in Erwägung, mir einen Landrover zu kaufen. Ich kann ein ganzes Wochenende mit meiner zukünftigen Frau verbringen, und ich bin einfach froh hierzusein. Was kann schöner sein?"

„Mir gefällt die Veränderung, die mit dir vorgegangen ist. Ist das nur vorübergehend? Wirst du morgen wieder ganz anders sein?"

„Nein, Madam. Ich habe einen neuen Lebensabschnitt begonnen."

Kapitel Einunddreißig

Trevor stand oben und beobachtete die Szene mit starrem Gesicht. *Er spielt ihr etwas vor, um sie einzuwickeln. Wieso erkennt sie das nicht?* Er war so wütend, daß er sich umdrehte und mit der Faust gegen die Wand schlug, die er gerade tapeziert hatte. *Vielleicht ist es besser, wenn ich meine Wut hier an den Wänden ablasse anstatt an Miles' blasiertem Gesicht.* Nachdem seine Wut verraucht war, lehnte er sich gegen die Wand.

Warum, Gott? Warum muß ich mich in eine Frau verlieben, die ich nicht haben kann?

*

Zwei Stunden später hatte Trevor die Löcher repariert und räumte seine Sachen fort. Er wunderte sich, daß Julia und Miles nicht zum Abendessen ausgegangen waren. Sie saßen plaudernd auf der Couch im Wohnzimmer.

„Es tut mir leid, daß ich störe", sagte Trevor steif. „Ich gehe sofort."

Miles stand auf. „Nun, machen Sie Fortschritte, Kenbridge?"

„Zählen Sie schon mal Ihre Vermögenswerte, noch bevor Julia ja gesagt hat, Beckley?"

„Trevor!" sagte Julia empört. „Miles versucht doch nur, nett zu sein."

„Es tut mir leid, Julia." Trevor blickte sie an, dann wendete er sich Miles zu. „Schätze, ich lasse mich von seiner Scharade nicht so leicht einwickeln wie Sie. Was ist es, der Landrover? Sein Versuch, einmal den Geschäftsmann draußen zu lassen? Er ist ein Schauspieler, und Sie bemerken es gar nicht."

„Trevor!" sagte sie wieder. Jetzt war sie richtig böse.

„Keine Angst, Liebling", beruhigte sie Miles. „Es ist ja nichts passiert. Wir wissen doch Bescheid. Trevor versucht lediglich, einen Keil zwischen uns zu treiben."

Julia blickte Trevor verständnislos an.

Wortlos verließ er den Raum.

*

Am folgenden Morgen beobachtete Trevor, wie Miles in den Ort zum Kiosk fuhr. Die New York Times und das Wall Street Journal waren jeden Morgen erst gegen zehn Uhr erhältlich, und Miles konnte ohne seine Zeitung nicht leben.

Trevor rannte die Treppe zu Julias Schlafzimmer hoch, klopfte laut an und öffnete die Tür, ohne auf eine Antwort zu warten. Sie stand in dem Burnus vor dem Spiegel und betrachtete sich. Die Kapuze hatte sie aufgesetzt.

Verblüfft blieb er stehen und vergaß völlig, was er hatte sagen wollen. Ihr Anblick versetzte ihn hundert Jahre zurück in eine Zeit der Romantik, der Liebe und der Hoffnung. „Sie ... Sie sehen genauso aus wie Anna."

Julia zog sich die Kapuze vom Kopf und versuchte, den Knopf zu öffnen. Unter seinem Blick wurde sie verlegen.

„Hören Sie, Julia, es tut mir leid. Ich hab's gestern abend wieder einmal geschmissen. Ich hatte kein Recht, so etwas zu sagen. Ihre Entscheidungen gehen mich nichts an. Die ganze Zeit habe ich meine Meinung für mich behalten. Gestern abend ... nun ja, ich habe wohl ein wenig die Fassung verloren. Ich wußte, daß er sich Ihre Antwort abholen wollte, und ich hatte bisher nicht einmal den Mut, Ihnen zu sagen, was ich für Sie empfinde. Ich habe meinen ganzen Frust an Miles ausgelassen."

Sie gab ihren Versuch auf, den Knopf zu öffnen, und wendete sich dem Fenster zu. „Ich habe ja gesagt“, meinte sie ruhig.

„Sie haben ... was?“ *Nein! Doch nicht bevor ich dir gesagt habe ...*

Sie drehte sich zu ihm hin. „Ich habe ja gesagt.“ Sie schob herausfordernd ihr Kinn vor.

„Ich verstehe“, sagte er leise. „Wann ist der große Tag?“

„Im August.“

August. Er rang nach Atem und blickte ihr in die Augen. „Ich hoffe, Sie haben die richtige Entscheidung getroffen. Sie haben es verdient, glücklich zu sein.“

Er wendete sich zum Gehen, blieb jedoch im Türrahmen noch einmal stehen. „Ich werde den Sommer über noch hierbleiben, doch vor Ihrer Hochzeit packe ich meine Sachen und gehe.“

Sie hob die Hand, als ob sie ihn auffordern wollte zurückzukommen, doch der Verlobungsring an ihrem Finger brachte sie zum Schweigen. Julia drehte sich wieder zum Fenster hin und zog sich die Kapuze über den Kopf. Tränen liefen ihr die Wangen hinunter.

Lieber Gott, tue ich das Richtige? Gestern abend erschien es mir richtig, doch heute wirkt es wieder vollkommen falsch. Bitte, bitte hilf mir.

Kapitel Zweiunddreißig

Drei Wochen später wurde Julias Gips abgenommen, und sie konnte im Garten arbeiten. Sie und Trevor gingen sich möglichst aus dem Weg. Die Arbeiten im Haus machten große Fortschritte. Trevor hatte sich darangemacht, die Fußböden und die große Treppe zu reparieren, darum hielt Julia es für besser, sich derweil um den Garten zu kümmern.

Vier Männer arbeiteten mit Trevor zusammen an den Fußböden, einer half Julia, die Büsche zu beschneiden und das Unkraut zu entfernen. Im August würde der Garten in voller Blüte stehen, ein herrlicher Platz für den kleinen Hochzeitsempfang, den sie und Miles geplant hatten.

Das Haus mußte noch tapeziert und angestrichen werden, doch alles in allem sah es inzwischen schon recht gut aus. Seit ihrem Streit mit Trevor verbrachte Julia immer mehr Zeit mit Tara.

Trevor hatte nicht einmal mehr gefragt, wie es Anna ergangen war. Es tat ihm zu weh, an die glücklichen Abende zu denken, an denen sie zusammen in der Vergangenheit geschwelgt hatten.

Einsilbig gingen sie aneinander vorbei und fühlten sich in der Gesellschaft des anderen äußerst unwohl. Tara beobachtete sie, behielt ihre Beobachtungen aber für sich. Sie hatte das Bedürfnis, Julia zu schütteln, bis sie ein wenig Einsicht zeigte, doch Ben hatte sie dazu überredet, sich herauszuhalten. *Pah*, dachte sie. *Was weiß er schon über die Liebe?*

An diesem Abend fuhr Tara mit den vier Forsythienbüschen und den fünfzehn Rosensträuchern, die Julia bestellt hatte, zum Anwesen hinaus.

Julia öffnete die Tür und begrüßte Tara mit einer herzlichen Umarmung. „Wir werden mit der Küche vorliebnehmen müssen. Die Männer würden mich lynchen, wenn ich Schmutz in die anderen Räume tragen würde, nachdem sie den ganzen Tag daran gearbeitet haben, jedes Fleckchen von den Brettern zu entfernen. Der ganze Boden ist abgeschliffen worden, und morgen wird er neu versiegelt."

„Das wird sicher toll aussehen. Ich kann es kaum erwarten, das Haus fertig zu sehen!"

„Ich auch nicht! Wir werden allerdings noch den ganzen Herbst brauchen, um zu tapezieren und die anderen Räume auszustatten."

„Dann hat Trevor also noch ein gutes Stück Arbeit vor sich."

„Trevor wird uns vor der Hochzeit verlassen", sagte Julia betont fröhlich. „Wir sind beide der Meinung, es sei besser, wenn er eine Woche vorher abreist. Er und Miles kommen nicht miteinander aus, und ich will nicht, daß irgend etwas den großen Tag verdirbt."

„Auch wenn der Bräutigam der falsche Mann ist?" Tara hätte diese Worte am liebsten sofort wieder zurückgenommen, doch es war zu spät.

Julia blickte sie verwirrt an. „Was meinst du damit?"

„Ich schätze, ich bin die einzige hier, die Trevor und dich dabei beobachtet, wie ihr eines langsamen Todes sterbt, weil ihr nicht zusammen seid. Ihr seht beide aus wie ausgespuckt -"

„Mein Bein -"

„Julia, es ist nicht dein Bein. Es sind die Wochen, die du und Trevor nun schon nicht mehr miteinander redet. Wenn du den Mann nur sehen könntest! Er sitzt in meinem Restaurant und starrt in seine Suppe, bis ich ihn nach Hause schicke. Er verschreckt die anderen Gäste. Nicht einmal Ben kann zu ihm durchdringen, und sie hatten sich so gut verstanden. Soweit ich sehen kann, verkriecht er sich in seinem

Häuschen und kommt nur zur Arbeit und zum Gottesdienst hervor.

Und du! Dein Haar ist stumpf, dein Gesicht wachsbleich, obwohl Sommer ist. Wenn ich es nicht besser wüßte, würde ich sagen, du bist krank. Doch ich weiß, daß es nicht stimmt. Eure Herzen schreien, doch ihr beide seid zu eigensinnig, um darauf zu hören. Nein ... das nehme ich zurück. Trevor hat *versucht*, darauf zu hören. Doch er will die Entscheidung dir überlassen. Er ist so weit gegangen, wie es ihm möglich war, doch du gibst ihm nur einen Faustschlag in den Magen. Er kann das nicht mehr aushalten."

Julia versuchte, Worte zu finden für das, was sie ausdrücken wollte. „Ich glaube einfach, daß ich das Richtige tue. Ich kann die Hochzeit nicht absagen. Außerdem hat Trevor mir nie gesagt, was er für mich empfindet. Ich *weiß* eigentlich gar nicht, ob er mich liebt."

Sie klang verzweifelt, als versuchte sie, sich selbst von dem zu überzeugen, was sie sagte.

„Wirklich nicht, Julia? Wirklich nicht?"

*

Tara konnte nicht anders. Sie würde Ben, Mike, Julia und die anderen vermissen, doch sie freute sich auch auf die Reise. Einige Wochen zuvor hatte sie ihr Manuskript abgeliefert, und nun würde sie sich auf den Weg nach Los Angeles, Seattle, Minneapolis, Chicago und New York machen, um für ihr Kochbuch zu werben. In dreizehn Fernsehsendungen sollte sie auftreten.

Sie gab Mike einen Kuß auf die Wange und umarmte Julia. Ben nickte sie kühl zu. „Auf Wiedersehen, Ben."

„Paß auf dich auf", brummte er.

„Ja", erwiderte sie gepreßt. „Das werde ich."

Sie stieg in ihren VW und brauste los in Richtung Flughafen.

„Das war ja ganz prima, Dad", meinte Mike abfällig. „Ist dir nichts Besseres eingefallen als ‚Paß auf dich auf?'"

„Laß mich in Ruhe, Mike."

„Äh, ich fahre jetzt besser zurück", meinte Julia unbehaglich. „Bis dann."

*

An diesem Nachmittag machte Julia gedankenverloren einen Spaziergang am Strand. Sie hatte sich einen dicken Pullover angezogen. Es wehte eine kühle Brise, und Julia hielt ihr Gesicht in den Wind. *Rede mit mir, Vater! Hilf mir zu hören.*

Doch Julia hörte nichts außer dem vertrauten Rauschen des Ozeans. Sie war so in Gedanken versunken, daß sie Trevor nicht bemerkte, der sie eindringlich beobachtete. Auch hörte sie ihn nicht näherkommen.

„Julia." Es hörte sich an wie ein Schmerzensschrei.

Julia drehte sich um. Sie hatte nicht erwartet, daß er ihr folgen würde, doch war sie nicht überrascht, ihn hier zu sehen. „Trevor."

Sie kämpfte gegen den Drang an, zu ihm hinzulaufen.

Trevor kam auf sie zu und schlang sie in die Arme, bevor sie noch ein Wort sagen konnte. Überrascht hielt sie inne, dann klammerte sie sich an ihn und hätte ihn am liebsten nie mehr losgelassen. Eine ganze Zeitlang lagen sie sich in den Armen, bevor Trevor das Wort ergriff.

„Ich habe dich so vermißt", sagte er heiser.

Er beugte sich vor, um sie zu küssen, doch sie löste sich von ihm. „Nein. Nicht. Es tut mir leid ... ich hätte nicht ..."

„Wovon redest du überhaupt?" Seine Stimme war zärtlich, bittend. Er sah den Zwiespalt, in dem sie sich befand, in ihrem Gesicht geschrieben. „Das ist es doch, was wir beide gewollt haben, worauf wir beide die ganze Zeit gewartet haben." Er zog sie wieder in die Arme.

„Nein, Trevor, ich kann nicht. Ich kann nicht!"

Trevor blickte sie verwirrt an. „Es tut mir leid", murmelte er dann und ging davon.

Julia wendete sich wieder dem Meer zu. Sie wußte nicht mehr ein noch aus.

★

Eines Abends klingelte das Telefon in Taras Hotelzimmer in Minneapolis.

„Ben! Wie hast du mich ausfindig gemacht?"

„Ich habe bei deinem Verlag in New York angerufen."

„Wie geht es dir und Mike?"

„Wir kommen klar. Wie ist deine Tournee?"

„Es ist so herrlich, Ben! Ich wünschte, du könntest das alles miterleben. Es ist fast so wie unsere Entdeckungsreise auf der Eierinsel, nur daß es natürlich Städte sind. Nicht so malerisch, aber dafür voller Geschichte. Ich erlebe so viel; alles geht so schnell: die Leute, die Gespräche. Man hat den Eindruck, in Oak Harbor liefe dagegen das ganze Leben in Zeitlupe ab."

„Bedeutet das, daß du vom Stadtleben angetan bist?"

„O nein. Doch es macht Spaß, das alles mal zu sehen. Morgens koche ich im Fernsehen, nachmittags habe ich dann frei, um mir die Städte anzusehen."

„Du wirst doch auf dich aufpassen?"

„Bisher bin ich noch am Leben, nicht?"

„Ja, gut. Ich mache mir Sorgen um dich."

„Ich weiß, Ben. Du hast schon immer gut auf mich aufpassen können. Ich wünschte, du würdest verstehen, warum das so ist."

Er schwieg unbehaglich. „Hör zu, ich muß jetzt Schluß machen. Wollte nur hören, daß es dir gutgeht."

„Mir geht es prima, Ben."

„Dann gute Nacht."
„Gute Nacht."

Kapitel Dreiunddreißig

Vom Heimweh gepackt beschloß Tara, einen Tag früher als geplant nach Hause zu kommen. Sie fuhr direkt zu Julia.

„Tara! Wo kommst du denn her?" Julia umarmte sie herzlich.

„Ich wollte etwas früher zurückkommen. Ich habe Ben noch nicht gesehen – wollte mir nicht die Freude verderben. Ich habe vor, segeln zu gehen. Ich brauche unbedingt eine Abwechslung von Autos und Gestank, den Wind in meinem Gesicht! Auf dem Heimflug habe ich mir etwas Großartiges ausgedacht. Wie wär's, wenn wir zu einer der Inseln segeln und dort campen würden? Das Wetter ist hervorragend. Wir könnten heute nachmittag lossegeln, die Nacht dort verbringen und morgen zurückkommen."

„Ich weiß nicht. Ich habe noch so viel zu tun, wo die Hochzeit vor der Tür steht. Das Haus sieht immer noch total chaotisch aus ..."

„Ach, komm schon, Julia. Sei spontan! In der Stadt habe ich gesehen, daß die Leute jede Minute ausnutzen. Manchmal nehmen wir die Zeit als so selbstverständlich hin, tun Tag für Tag dasselbe. Erinnerst du dich noch an unseren Kajakausflug? Komm, laß uns segeln gehen. Komm schon!"

„Also gut."

„Wir treffen uns in einer halben Stunde bei mir zu Hause. Ich habe alles, was wir brauchen. Du mußt nur noch einen

Schlafsack, ein Kissen und was du an Klamotten brauchst mitbringen. Richte dich auf zwei Nächte ein, falls wir beschließen, länger zu bleiben."

„In Ordnung."

Tara war fort, bevor Julia ihre Meinung ändern konnte.

*

Eine Stunde später fuhren die beiden zu den Docks, machten die *Sea Maiden* zum Auslaufen klar und steuerten sie aus dem Hafen. Der sanfte Sommerwind blähte die Segel.

„Wo fahren wir hin, du Verrückte?" fragte Julia.

„Zur Bourgeois-Insel! Wir haben als Kinder schon dort gezeltet. Es ist nur eine Stunde von hier."

Julia half so gut sie konnte, hißte auf Taras Anweisungen hin die Segel und holte sie wieder ein. Die Nachmittagssonne schien immer noch sehr warm, und Julia fühlte sich gut in ihrer Windjacke und den Shorts. Der Wetterbericht kündigte eine Fortsetzung des warmen Sommerwetters an; sie hatte es selbst am Morgen gehört.

„Hast du Trevor gesagt, wo du hinfährst?" rief Tara ihr zu.

„Ich habe ihm gesagt, daß wir beide campen wollen, aber nichts Näheres. In letzter Zeit reden wir nicht viel miteinander."

„Männer! Wer braucht die schon!" lachte Tara, doch tief im Innern dachten beide: *Ich.*

„Ben hat mich in Minneapolis angerufen. Sagte, er wollte mal hören, ob es mir auch gutgeht."

„Das war ja nett."

„Ja, es war nett. Aber warum konnte er nicht sagen: ‚Tara, ich vermisse dich. Ich brauche dich. Ich will nicht, daß du fort bist'?" Sie sprach leise und ernst. „Warum kann er es nicht einfach hinausschreien: ‚Ich liebe dich, Tara Waverly!' Weißt du, was das für mich, für unsere Beziehung bedeuten würde?"

„Ich weiß es ..."

„Ja, natürlich weißt du es, weil du kurz vor deiner Heirat mit Miles stehst und dich immer noch fragst, ob nicht vielleicht Trevor derjenige ist, den du liebst."

Julia wurde ärgerlich, doch sie beruhigte sich wieder, weil sie erkannte, wie recht Tara hatte. Sie starrte aufs Meer hinaus.

„Es tut mir leid, Julia. Ich wollte dir nicht zu nahe treten."

„Ist schon in Ordnung."

„Ich habe Essen für eine ganze Armee eingepackt, und ich weiß den idealen Ort zum Übernachten."

An der südwestlichen Seite der Insel gingen sie vor Anker und ruderten mit dem Beiboot zum Strand. Die Bourgeois-Insel war ein kleines Stück Land, auf dem es fast nur Felsen und einige wenige Bäume gab. „Hier herüber!" rief Tara und ging auf eine Höhle in der Nähe des Kiesstrandes zu.

„Ist das nicht großartig? Selbst bei Regen haben wir Schutz. Der Strand liegt direkt vor uns, und wenige Meter von hier gibt es eine Süßwasserquelle." Tara zündete ein Lagerfeuer an, während Julia ihre Sachen aus dem Beiboot holte.

Julia kam sich vor wie eine Pfadfinderin. Sie war froh, daß sie mitgekommen war. Die Spannung zwischen ihr und Trevor hatte sich noch verstärkt, und im vergangenen Monat hatte sie ständig unter Migräneanfällen gelitten. Sie schrieb sie dem Streß der Hochzeitsvorbereitungen zu, doch tief im Innern kannte sie ihr eigentliches Problem: die ständige Frage, ob sie den richtigen Mann heiratete.

Julia kehrte mit den Schlafsäcken zum Lagerfeuer zurück.

„Wollen wir schwimmen gehen?" fragte Tara, als die Sonne am Horizont verschwand.

„Schwimmen? Bist du verrückt?"

„Du mußt unbedingt einmal nachts schwimmen gehen. Das ganze Meer ist eine funkelnde Wasserfläche. Außerdem ist es doch noch warm. Komm schon. Wir gehen schwimmen und essen dann."

Julia ließ sich überreden und folgte der Freundin. Sie zog die Windjacke und die Shorts aus und ließ sich in das erstaunlich warme Wasser gleiten.

Die Steine rutschten unter ihren Füßen fort und kitzelten sie, bis sie tief genug im Wasser war, um schwimmen zu können. Sie blieben eine halbe Stunde im Wasser. Der Mond ging auf, und auf der ganzen Wasserfläche glühten funkelnde Punkte.

„Wieso funkelt das Wasser so, Tara?" Julia schwamm zu ihrer Freundin hinüber.

„Das ist Phosphor. Als Kinder stellten wir uns vor, wir würden mit Meerjungfrauen schwimmen, die Sternenstaub neben uns verteilten. Es war zauberhaft."

„Das ist es immer noch. Aber mir wird allmählich kalt."

„Dann laß uns rausgehen."

Sie schwammen an den Strand, brieten Würstchen über dem Feuer und kuschelten sich bereits um neun Uhr in ihre Schlafsäcke.

„Tara?" fragte Julia schläfrig.

„Ja?"

„Danke."

Kapitel Vierunddreißig

Julia und Tara wurden von strahlendem Sonnenschein geweckt. Sie badeten in der Quelle und verbrachten den Tag mit Lesen, Schlafen und Sonnenbaden. Beide waren sich schnell einig, noch eine Nacht zu bleiben.

„Wird Trevor sich keine Sorgen machen?" fragte Tara. „Wie steht es mit Ben?"

„Ich würde sagen – sollen sie doch! Ich habe am Dock eine Nachricht hinterlassen, daß wir hierherfahren. Wenn sie sich wirklich Sorgen machen, kommen sie uns nach."

⋆

Am folgenden Morgen hatte das Wetter eine Überraschung für sie bereit. Anstatt des sonnigen Sommerwetters weckte sie heftiger Wind und prasselnder Regen.

„Oh", meinte Tara nur. „Wie blöd! Ich hätte zur *Sea Maiden* rüberfahren und das Barometer überprüfen sollen."

„Das ist vermutlich nur ein Gewitter, meinst du nicht? Wir könnten es doch abwarten."

„Ja, wir werden sehen, ob es sich aufheitert. Wenn nicht, werden wir heute nachmittag versuchen, trotzdem durchzukommen. Sonst könnten wir am Ende eine Woche auf der Insel festsitzen."

Sie verbrachten den Vormittag in der Höhle mit Kartenspielen und Plaudern. Immer wieder sahen sie nach, ob sich das Wetter gebessert hatte.

⋆

„Hast du etwas von ihnen gehört?" fragte Trevor gepreßt, als Ben den Hörer abnahm.

„Bin zu den Docks gegangen. Dort hat man mir gesagt, daß sie vorgestern zur Bourgeois-Insel hinübergesegelt sind, um zu zelten. Tara hat mich nicht einmal angerufen, daß sie wieder hier ist."

„Vielleicht brauchte sie ein wenig Zeit zum Nachdenken. Glaubst du, daß sie heute versuchen zurückzukommen?"

„Nein, ich glaube nicht, daß Tara so verrückt ist. Morgen

soll sich das Wetter ein wenig bessern, doch ein neuer Sturm ist bereits im Anzug. Sie wird die Wettervorhersage hören."

„Vielleicht sollten wir versuchen, sie über Funk zu erreichen."

„Ich glaube nicht, daß sie dort hinübergefahren sind, um sich von uns stören zu lassen."

„Ja, das ist wahr. Trotzdem … Ich habe Julia schon einmal vor dem Ertrinken gerettet. Ich möchte das nicht wiederholen müssen. Es würde mich umbringen, wenn ihr da draußen was passieren würde."

Ben schwieg. Erst jetzt ging Trevor auf, was er da gesagt hatte. „O Mann ... es tut mir leid. Ich wollte nicht –"

„Nein. Das ist schon in Ordnung. Ich mache mir auch Sorgen. Ich werde versuchen, sie zu erreichen. Vermutlich sind sie in der Höhle."

*

„Ich glaube, wir warten wohl besser bis morgen", sagte Tara, als sie in die Höhle zurückkam. Sie wischte sich die Regentropfen von der Stirn und schüttelte ihr kurzes Haar.

„Mist. Ich muß wirklich zurück."

Tara sah nach draußen. „Nun, vielleicht läßt der Wind ja nach. Laß uns noch etwas warten."

Der Wind ließ tatsächlich ein wenig nach, und auch der Regen hörte auf. Trotzdem hing dichter Nebel über dem Meer.

„Wir wollen es versuchen", sagte Tara entschlossen. „Wir sind doch nur eine Stunde von der Küste entfernt – was soll da schon passieren?"

Julia mußte an Sharon DeBois denken, doch schnell schob sie diesen Gedanken beiseite. Sie vertraute Taras Urteilsvermögen.

*

„Das gefällt mir nicht, Trevor. Sie sind immer noch nicht da, und ich kann sie auf der *Sea Maiden* nicht erreichen. Es scheint so, als würde der Sturm nachlassen, aber ein zweiter ist bereits im Anzug. Ich fürchte, sie werden versuchen durchzukommen."

„Meinst du nicht, daß sie sich den Wetterbericht anhören?"

„Bestimmt – doch Tara hat schon öfter Schwierigkeiten mit ihrem Funkgerät gehabt. Sie könnte es riskieren. Sie meint, sie könnte die ganze Welt erobern. Doch Julia ist keine erfahrene Seglerin – sie könnten in Schwierigkeiten kommen."

„Willst du sie suchen?"

„Mein Boot hat schon Schlimmeres erlebt."

„Sie werden wütend sein, wenn wir ihnen nachspionieren."

„Wohl kaum noch wütender, als sie im Augenblick sowieso schon sind."

„Das stimmt. Wann laufen wir aus?"

„Jetzt gleich."

*

Die *Sea Maiden* kam gut voran, doch Tara machte sich Sorgen wegen des Unwetters, das sich über ihnen zusammenbraute. Sie würden ihm nicht entkommen können, egal, wie schnell sie auch fuhren. *Mist. Warum habe ich die Insel nur verlassen?*

Als sie losgefahren waren, hatten sie das zweite Unwetter wegen des Nebels nicht kommen sehen können. Seine Vorläufer trieben die niedrigen Wolken schnell fort, so daß sie nun wußten, was auf sie zukam. Tara blickte zu Julia hinüber, die am Ruder stand. *So ein Mist. Ich habe nicht nur mein eigenes Leben, sondern auch Julias aufs Spiel gesetzt.*

Julia starrte in die dichten schwarzen Wolken hinter ihnen, als der Sturm mit voller Wucht losbrach. Ein Blick in Taras Gesicht sagte ihr, daß sie in echten Schwierigkeiten waren. Der Sturm blähte die Segel und drohte sie zum kentern zu bringen.

„Zieh sie ein!" schrie Tara. „Wir müssen die Segel einziehen!"

Julia ging zur Takelage und holte das kleine Segel ein, doch die Leine des Hauptsegels hatte sich verheddert. Sie zog und zog, und schließlich schüttelte sie resignierend den Kopf. Tara kam mit einem Messer auf sie zu, als eine Sturmböe das Schiff ergriff, eine riesige Welle es hochhob und zum Kentern brachte.

Die beiden Frauen konnten nichts tun. Innerhalb von wenigen Sekunden lagen beide im Wasser.

Kapitel Fünfunddreißig

Hustend tauchte Tara unter dem gekenterten Boot in einer Luftblase auf.

Julia kam ein Stück von der *Sea Maiden* entfernt an die Wasseroberfläche. Sie war froh, daß sie auf Taras Befehl hin die Schwimmweste angelegt hatte. Sie schwamm so schnell sie konnte, um das gekenterte Boot zu erreichen, doch die Schwimmweste behinderte sie ein wenig. Der Wind war zu stark, und die Entfernung zwischen ihr und dem Boot wurde immer größer.

★

Mike bestand darauf, mitkommen zu dürfen, und Ben wußte, daß er ihn nicht zurücklassen konnte. *Er liebt Tara fast so sehr wie ich.* Die drei Männer sprangen an Bord des alten Trawlers. Ben hatte recht; das alte Mädchen hatte tatsächlich schon schlimmere Stürme durchgestanden.

Trevor schnappte sich Bens Fernglas und suchte den Horizont ab, doch aufgrund des Regens war die Sicht nicht sehr gut. Innerhalb weniger Minuten waren sie auf offener See.

★

Tara bemühte sich darum, ihren Arm freizubekommen. Sie hatte sich in den Leinen des gekenterten Bootes verfangen. Als die *Sea Maiden* sich auf die Seite gelegt hatte und gekentert war, hatten die Leinen, mit denen sich Julia abgemüht hatte, sich ineinander verfangen. Nun hielten sie Tara wie in einem Spinnennetz gefangen und schnitten ihr die Blutzufuhr in den Fingern ab. Beim Kentern war Tara das Messer aus der Hand gefallen, und sie schaffte es einfach nicht, sich aus den Leinen zu befreien. *Bitte, lieber Gott, bewahre Julia,* betete sie. *Ich kann ihr nicht helfen.*

Tara war nur knapp zwei Meter vom Funkgerät entfernt, doch so sehr sie sich auch streckte, sie konnte es nicht erreichen.

Julia schwamm auch weiterhin so kräftig sie konnte auf das Boot zu, aber sie ermüdete schnell. Die Wellen wurden immer höher, und manchmal konnte Julia den Kiel der *Sea Maiden* sekundenlang nicht mehr sehen. Ihre Beine und Arme schrien nach einer Ruhepause. Sie wünschte sich, einfach nur auf dem Rücken liegen und Atem holen zu können, doch sie wußte, daß dies ihr Todesurteil sein könnte. Es würde Stunden, Tage dauern, bis man sie fand, wenn sie nicht in der Nähe des Bootes blieb. *Schwimm, Julia,* sagte eine Stimme in ihr. *Schwimm!*

Und sie begann wieder zu schwimmen.

★

„*Sea Maiden,* kommen, *Sea Maiden. Sea Maiden,* hier spricht die *Atlantic Queen, Sea Maiden,* hier spricht die *Atlantic Queen.* Hört ihr mich?" Immer wieder wiederholte Mike diese Botschaft auf verschiedenen Frequenzen.

Bitte, Gott, betete er. *Laß sie in Ordnung sein. Laß sie nicht ertrinken wie Mama. Bitte, Gott.*

„Siehst du etwas?" schrie Ben Trevor durch das Fenster hindurch zu.

Trevor drehte sich mit ernstem Gesicht um und schüttelte den Kopf.

Ben konzentrierte sich wieder auf seinen Radar. *Komm schon, Tara. Ich weiß, daß du dort draußen bist.* Sein Gesicht war leichenblaß. Das alles kam ihm nur zu bekannt vor. Auch er betete.

★

Julia war dem Boot nähergekommen, doch sie war total erschöpft. *Vater, bitte. Hilf mir. Ich bin so nah dran. Ich weiß, daß du bei mir bist. Gib mir die Kraft hinzukommen. So nahe …*

Unter dem Boot ergriff Tara ein Ruder und stieß damit nach dem Armaturenbrett. Sie hoffte, daß sie den richtigen Knopf erwischte. *Komm schon, Gott. Gib uns noch eine Chance. Hilf mir!* Wieder stieß sie nach der Konsole.

★

„Ich habe ein Signal!" rief Ben mit gepreßter Stimme. „Ich habe ein Signal! Das müssen sie sein!" Er steuerte das Boot fünf Grad weiter westlich. „Wir werden bald da sein!" rief er Trevor zu. „Sie rühren sich nicht! Sie müssen in Schwierigkeiten sein!"

Trevor wischte sich das Wasser vom Gesicht, dann trocknete er auch Bens Fernglas. Der Regen strömte nur so herab, doch der Trawler schnitt sicher durch die riesigen Wellen. Aufmerksam suchte Trevor den Horizont ab in der neuen Richtung, die sie eingeschlagen hatten.

Durch das Fernglas entdeckte er den Kiel der *Sea Maiden*. Sein Herz tat einen Sprung. *Nein, bitte nicht, Gott. Nein.*

Mike entdeckte das Boot von der Kajüte aus. „Nein!" schrie er. „Nein!"

Ben packte ihn am Arm. „Warte ab, Mike", sagte er wie erstarrt. „Warte ab!" Doch auch er war vor Schreck wie gelähmt.

*

Julias Hand streifte eine Nylonleine, verlor sie jedoch wieder. Wild blickte sie um sich. Endlich entdeckte sie sie wieder und hielt sie fest. Das Seil war am Boot befestigt. *Vielen Dank, Gott!* betete sie leise. Sie war vollkommen außer Atem.

Das Gebrüll des Sturms verschluckte den Lärm des Trawlers. Sie waren schon fast neben ihr, bis sie Trevors Stimme hörte. Bevor sie noch wußte, was das alles zu bedeuten hatte, war er schon im Wasser und an ihrer Seite.

„Ben! Julia scheint in Ordnung zu sein, doch ich kann Tara nirgends entdecken!"

Ben hatte das Gefühl, als würde sein Herzschlag aussetzen. „Halte uns neben der *Sea Maiden*, Mike! Ich werde sie suchen." Er verließ die Kajüte, ohne auf eine Antwort zu warten. Nachdem er Mike eine Leine zugeworfen hatte, mit der er das Segelboot an dem Trawler befestigen konnte, sprang er selbst ins Wasser und schwamm zu Trevor und Julia hin.

„Tara!“ schrie Julia schwach.

Ben packte sie am Arm. „Wo ist sie, Julia?“

„Ich weiß es nicht!“ erwiderte sie verzweifelt.

„Haben Sie sie gesehen, seit ihr gekentert seid?“

„Nein!“

„Vielleicht ist sie unter dem Boot!“ rief Ben Trevor zu. „Hier, nimm meine Jacke. Ich werde nachsehen.“

Ben holte tief Luft und tauchte. *Bitte, Gott, nicht noch einmal. Laß sie am Leben sein!* Seine Hand ergriff den Mast, und er folgte ihm nach oben in die Luftblase.

Kapitel Sechsunddreißig

„Ben!“ rief Tara.

„Oh, vielen Dank! Danke, lieber Gott! Tara, Liebling, bist du in Ordnung?“ Er schwamm zu ihr hinüber, und bevor sie noch antworten konnte, gab er ihr einen äußerst unplatonischen Kuß.

Sie lächelte ihn erstaunt an.

„Tara, oh, mein Liebling. Ich hatte solche Angst! Ich konnte den Gedanken nicht ertragen, dich zu verlieren. Ich liebe dich so sehr!“

Wieder gab er ihr einen schnellen Kuß.

„Nun, du hast verflixt lange gebraucht, um das einzusehen“, sagte sie lächelnd.

„Ich weiß, mein Liebling. Es tut mir leid. Ich hätte dir das schon vor Monaten sagen sollen. Ich schätze, Gott mußte mir erst einen Schlag versetzen, bevor ich das erkannte. Der Gedanke, dich vielleicht zu verlieren ... aber wir wollen zuerst einmal sehen, daß wir hier herauskommen. Die anderen denken bestimmt, wir sind beide ertrunken. Wir werden später darüber sprechen."

Er schwamm zum hinteren Ende des Schiffes und holte einen Erste-Hilfe-Kasten, der noch an seinem Platz hing. Darin befand sich eine Schere, mit der er Tara losschnitt. Sie schwamm zu ihm hin und küßte ihn mit der ganzen Leidenschaft, die sie seit Jahren hatte unterdrücken müssen.

Nun war es an ihm zu lächeln. „Komm, wir wollen sehen, daß wir hier rauskommen."

*

„Wo ist Ben?" fragte Julia mit klappernden Zähnen. Trevor hatte sie an Bord des Trawlers gezogen und in eine Decke gewickelt. Sie beugte sich über die Reling auf der Suche nach den Freunden.

Trevor wollte gerade von Bord springen, um sie zu suchen, als sie beide hochkamen.

„Da sind sie!" rief Julia.

Trotz des Sturmes und der hohen Wellen konnte Julia an ihren Gesichtern erkennen, daß sich etwas zwischen ihnen verändert hatte.

Julia lächelte Mike an. „Mir scheint, sie kommen jetzt klar!" rief sie ihm zu. Julia wußte, wie wichtig das für Mike war. Mike grinste von einem Ohr zum anderen und rannte zum Heck des Schiffes, um Tara an Bord zu helfen.

*

Leider mußten sie die *Sea Maiden* aufgeben. Aufgrund des Sturmes war es unmöglich, das Boot wieder aufzurichten. Nur die kleine Luftblase unter dem Rumpf hielt es überhaupt noch über Wasser. Ihre einzige Hoffnung war, das Boot nach Abflauen des Sturmes mit einer Rettungsmannschaft zu bergen – falls sie es dann noch finden konnten.

Doch für Tara war dies ein kleiner Verlust. Sie war am Leben! Und Ben liebte sie!

Julia trocknete ihr Haar und blickte Trevor erschöpft an. „Warum sprechen Sie es nicht aus?“

„Was?“

„Ganz offensichtlich sind Sie wütend. Was ist los?“

„Ihr beiden hättet es besser wissen müssen!“

„Gut, wir haben einen Fehler gemacht –“

„Einen Fehler! Das ist der zweite ‚Fehler‘, der Sie beinahe das Leben gekostet hätte. Wenn wir nun nicht losgefahren wären, um Sie zu suchen? Wie lange hätten Sie sich an diesem Seil festhalten können? Wie lange hätte Tara da unten überleben können?“

„Wir haben nicht vorgehabt zu kentern.“

Trevor stand auf und ging auf und ab. „Natürlich nicht! Aber Sie waren unvorsichtig! Sie können nicht erwarten, daß ich immer in der Nähe bin, wenn Sie Ihr Leben aufs Spiel setzen!“

Julia blickte ihn an. Auch sie war jetzt wütend. Die anderen beobachteten die Szene schweigend. „Nein, Trevor, ich erwarte nicht, daß Sie immer da sind, wenn ich in Schwierigkeiten komme. Wie könnte ich? Sie sind ein Vagabund. Niemand kann Sie an einem Ort halten. Wie könnte ich erwarten, daß Sie da sind? Wie könnte ich je auf Sie zählen?“

„Wieso geht es auf einmal um mich? *Sie* treffen doch immer die falschen Entscheidungen.“

„Haben Sie etwa noch nie im Leben eine falsche Entscheidung getroffen?“

„Doch, einige“, gab er zu, ohne seinen Blick abzuwenden. „Aber ich habe nie das Leben anderer Menschen aufs Spiel gesetzt.“

„Das wollte ich doch nicht!“

„Natürlich nicht! Aber Ihre Entscheidungen sind oft nicht so richtig durchdacht, nicht wahr?"

Julia hielt inne. „Wollen Sie damit etwas Bestimmtes andeuten?"

Er ging mehrmals in der kleinen Kajüte umher.

„Wenn Sie etwas zu sagen haben, dann sagen Sie es einfach, Trevor. Ich habe die Spielchen satt. Und Sie ganz offensichtlich auch. Heraus damit."

Er blieb stehen und starrte sie an. „Ach, warum soll ich mich da hineinhängen? In einigen Wochen werde ich verschwunden sein, dann wird es uns beiden bessergehen, richtig?" Mit diesen Worten verließ er die Kajüte, ohne auf eine Antwort von ihr zu warten.

„Richtig", erwiderte sie leise.

Kapitel Siebenunddreißig

Zwei Wochen vor der Hochzeit probierte Julia zum letzten Mal das Hochzeitskleid ihrer Urgroßmutter an. Sie hatte das Kleid in einer der Kisten auf dem Dachboden gefunden und umarbeiten lassen. Trevor kam herein und sah sie vor einem großen, antiken Spiegel stehen.

Sara, Annas Tochter, hatte einen ausgezeichneten Geschmack gehabt. Das Kleid war aus Seide, Organza und handgehäkelter Spitze gefertigt. Julia hatte eine geschlagene halbe Stunde gebraucht, um in dieses Kleid hineinzukommen und die unzähligen Knöpfe im Rücken zu schließen. Es paßte hervorragend.

„Was halten Sie davon?" fragte sie Trevor. Sie wendete keinen Blick vom Spiegel und beobachtete sein Spiegelbild, wobei sie so tat, als würde seine Gegenwart ihr nichts ausmachen. Sie befestigte den Schleier in den Haaren und ließ ihn über ihr Gesicht fallen. *So fühlt man sich also als Braut.*

Langsam und bedächtig trat Trevor neben Julia. Vorsichtig nahm er sie bei der Hand und drehte sie zu sich herum. Julia blickte ihn an. Ganz langsam ließ er seine Hände über ihre Arme gleiten, von den Fingern über ihre Handgelenke, die Arme hoch bis zu den Schultern. Ein Schauer durchfuhr sie.

„Was tun Sie da, Trevor?“

„Etwas, das ich schon vor Monaten hätte tun sollen“, erwiderte er ernst. Julia stockte der Atem, als seine Finger zärtlich über ihren Nacken fuhren. Vorsichtig hob er den zarten Schleier vor ihrem Gesicht hoch. Er beugte sich über sie und küßte sie sanft, dann drängender, dann wieder sanft. Seine Lippen waren so weich und süß, ganz anders als Miles' forsche, fordernde Art zu küssen.

Mit geschlossenen Augen blieb sie stehen, atmete den Duft von Trevors Haut ein und gab sich ganz dem Augenblick hin.

„Julia! Was geht hier vor?“

Julia wirbelte herum. Sie konnte kaum glauben, daß es Miles' Stimme war, die sie da hörte. „Miles! Was tust du denn hier? Du wolltest doch erst in einer Woche kommen.“ *Was für eine blöde Bemerkung!*

„Wenn ich tatsächlich erst dann gekommen wäre, hätte ich euch beide nicht beim Küssen erwischt, wie?“

„Miles -“ begann Trevor.

„Sie halten den Mund und verschwinden.“ Miles' Gesicht war puterrot, und die Adern an seiner Schläfe traten hervor.

„Sehen Sie, Mann, ich war derjenige, der sie geküßt hat. Sie hat nicht damit angefangen.“

„Das will ich doch hoffen! Sie trägt das Kleid, das sie in zwei Wochen bei unserer Hochzeit tragen wird. Ich sollte doch annehmen, daß es höchst unpassend für sie wäre, jeden dahergelaufenen Kerl zu küssen, der ihr in den Weg kommt."

„Miles!" Julia hatte tatsächlich Schuldgefühle, weil sie Trevors Kuß so genossen hatte.

Miles ignorierte sie. „Hauen Sie hier ab, Kenbridge! Ich wußte doch von Anfang an, daß Sie hinter ihr her sind!"

Trevor ließ Julia los und wendete sich Miles zu. „Sie scheinen aber nicht besonders klug zu sein, nicht wahr, Miles? Wenn Sie wußten, daß ich ein Auge auf Julia geworfen hatte, warum haben Sie sie dann wochenlang allein gelassen? Ich hätte eine Frau wie sie nicht allein gelassen. Nichts hätte mich von ihr fernhalten können, keine Arbeit, nichts. Sie hätte für mich an erster Stelle gestanden."

Miles hielt inne und faßte sich. „Ich brauche Ihnen gar nichts zu erklären. Die Tatsache, daß ich unbezahlten Urlaub genommen habe, um hier sein zu können, sollte für sich sprechen."

„Ja. Eine letzte Woche, um sie sich noch zu sichern, ja? Sie sind an dem Haus doch gar nicht aus denselben Gründen interessiert wie Julia. Sie sehen darin nur Investitionspotential. Vielleicht ein großes Hotel hier, vielleicht dort ..."

„Sie –" Miles stürzte sich auf Trevor.

Trevor, den der Angriff unerwartet traf, ging zu Boden, doch er konnte Miles' Faust abfangen, die auf sein Gesicht niedergehen wollte.

„Hört auf!" schrie Julia. „Hört sofort auf!" Sie zog Miles an den Schultern zurück, wodurch es Trevor gelang, einen Kinnhaken zu landen. Stöhnend ging Miles zu Boden.

„Was hast du getan? Miles, bist du in Ordnung?"

Miles erhob sich und wollte wieder auf Trevor losgehen; dabei trat er auf Julias Kleid. Sie ignorierte das häßliche Geräusch von zerreißendem Stoff und drängte sich zwischen die beiden Männer. „Hört sofort auf!"

„Julia, sag ihm, er soll hier verschwinden!" forderte Miles.

„Nein, Julia, sag *ihm*, er soll verschwinden", sagte Trevor. „Sag ihm die Wahrheit. Sag ihm, daß du mich liebst!"

Sie lachte über seine Arroganz. „Ist das deine Liebeserklärung? Ich hätte etwas Poetischeres erwartet als eine Drohung gegen meinen Verlobten. Du gehst jetzt besser. Ich glaube, du hast uns genug Schwierigkeiten gemacht." Sie merkte gar nicht, daß sie ihn duzte.

„Du kannst mir nicht weismachen, daß du diese Show immer noch durchziehen willst! Komm schon. Du wußtest doch, daß ich mich schon bei unserer ersten Begegnung in dich verliebt habe. Mir gefällt die Art, wie du an diesem alten Haus hängst, die harte Arbeit, die du hineinsteckst. Ich liebe deine Entschlossenheit und Klugheit. Ich liebe deine Loyalität. Du bist die außergewöhnlichste Frau, die mir je begegnet ist. Warum sonst würde ich *zweimal* mein Leben riskieren, um dich zu retten?"

„Soweit ich mich erinnern kann, hast du mein Leben nur widerwillig gerettet. Du sagtest, ich solle nicht denken, du seist immer zur Stelle."

„Das habe ich doch nicht *so* gemeint."

„Aber das habe ich gehört. Wieviel Zeit an einem Stück hast du je an einem Ort verbracht? Hast du es je länger als ein Jahr irgendwo ausgehalten? Zwei? Wie kann ich einem Mann vertrauen, der niemals lange an einem Ort bleibt?"

„Julia, wovon sprichst du überhaupt?" fragte Miles wütend. „Du denkst doch nicht im Ernst über so etwas nach, oder?"

„Es ist doch ganz anders, Julia!" Trevor ignorierte ihn einfach. „Ich bin hierher geführt worden. Ich glaube, daß Gott uns füreinander bestimmt hat. Wir sind von zwei weit entfernten Orten hierhergekommen. Wir haben so viel zusammen erlebt." Sein Gesicht flehte um eine Chance.

Sie blickte von Miles zu Trevor. „Trevor, können wir morgen darüber sprechen?"

„Nein!“ erwiderte Trevor wütend. Er konnte nicht verstehen, daß sie ihre doch so offensichtliche Liebe zu ihm nicht eingestehen wollte. „Ich kann so nicht mehr weiterleben. Ich ... wir alle brauchen eine Entscheidung.“

„Ich brauche ... ich brauche etwas Zeit. Ich bin so verwirrt!“

„Eine Entscheidung, Julia.“

„Nun gut, wenn du mich zu einer Entscheidung zwingst: Die Hochzeit mit Miles findet statt.“

*

Die folgende Woche wäre Julia zu einer einzigen Qual geworden, wenn nicht die Hochzeitsvorbereitungen sie von ihren finsteren Gedanken abgelenkt hätten. Es gab so vieles zu tun, und außerdem hatte sie ihre Entscheidung getroffen. Sieben Tage vor der Hochzeit wachte Julia mit stechenden Kopfschmerzen und dem Gedanken auf: *Heute fährt er fort. Trevor verläßt mich. Werde ich ihn je wiedersehen? Ach, hör auf, dir Gedanken zu machen. Wer braucht ihn schon? Du brauchst einen Mann, der immer für dich da ist, keinen Vagabunden, der ständig unterwegs ist.*

Julia stand in der Bibliothek und staubte sinnloserweise die Bücher ab, als er eintrat. Sie hörte, wie er vorfuhr, die Maschine abstellte, dann das Schlagen der Eingangstür, seine Schritte zu dem Raum, in dem sie arbeitete.

Julia gestattete ihm, sie einige Minuten zu betrachten, und gab vor, ihn nicht bemerkt zu haben.

„Ich muß fort“, sagte er schließlich.

Sie hielt ein Buch in der Hand, drehte sich aber nicht um. „Ich weiß.“

„Ich denke, es ist das beste“, meinte er verlegen.

„Ich weiß“, wiederholte sie. „Läßt du mir eine Adresse zurück?“ fragte Julia und bemühte sich, ihre Stimme nicht hoffnungsvoll klingen zu lassen. „Ich muß dir noch deinen Scheck schicken."

„Ich werde schreiben", sagte er.

Sie nickte und nahm ihre Arbeit auf.

Er ging davon und blickte nicht mehr zurück.

Kapitel Achtunddreißig

„Komm schon, Liebling, wir sind spät dran", sagte Miles, als Julia stehenblieb, um ihr rotes Cocktailkleid glattzuziehen. Nach Monaten der Arbeit am Haus war sie nicht mehr an Kleider und hohe Absätze gewöhnt, doch Miles hatte sie dazu gedrängt. „Du siehst toll aus", sagte er und hauchte ihr einen Kuß auf die Wange. „Die Jungs werden verrückt nach dir sein."

Sie betraten den privaten Speisesaal eines Nachtclubs, wo ihre Freunde und Bekannten sie mit Champagner- und Cocktailgläsern hochleben ließen. Miles nannte den Abend eine „obligatorische Veranstaltung", die dazu beitragen sollte, seine gesellschaftliche Stellung zu festigen.

Miles hatte sich selbst übertroffen. Unablässig servierten die Kellnerinnen kleine Häppchen mit Lachs und Kaviar und andere Köstlichkeiten, während die Kellner Champagner und Cocktails herumreichten.

Als Julia und Miles ankamen, war die Party bereits in vollem Gange. Es dauerte nicht lange, bis einer der Seniorpartner seiner Firma Miles in ein Gespräch verwickelte. Julia war klar, daß er nicht so bald zurückkehren würde. Einer von Miles' Freunden machte Anstalten, zu ihr herüberzukommen. Sie sah zu ihrem Verlobten hinüber. Er konzentrierte sich auf sein Gespräch mit dem älteren Mann, der ihm auf die Schulter klopfte und einige Kollegen zu sich rief.

„Komm, Süße", schnurrte der Mann. „Wir wollen tanzen." Er zog sie auf die Tanzfläche. Miles erwartete von ihr, daß sie solche Situationen meisterte. Dies war nicht die erste Feier, bei der sie auf sich aufpassen mußte, und ganz sicher würde es auch nicht die letzte sein.

Drei Stunden später schmerzten Julias Füße, und ihr Rücken schrie danach, nach Hause zu fahren und sich hinzulegen. Wie schnell sie sich doch an die ruhige Lebensweise in Oak Harbor gewöhnt hatte! Julia sehnte sich danach, ein Bad zu nehmen, ihren alten blauen Bademantel überzustreifen, sich in einen der hochlehnigen Sessel zu kuscheln und in Annas Tagebüchern zu lesen.

Beim Anschneiden der Torte setzte Julia ein gezwungenes Lächeln auf. Dies war eine vorhochzeitliche Feier, um Miles' Freunde und Kollegen für die Tatsache zu entschädigen, daß die Hochzeit an der Ostküste stattfinden würde. Sie war froh, daß sie eine Ablenkung von dem betrunkenen Kerl hatte, der ständig um sie herum war, ebenso wie von ihrer Mutter Eleanor, die gerade angekommen war und alle Einzelheiten für die Hochzeit mit ihr durchgehen wollte.

Zusammen schnitten Julia und Miles die Torte an, doch ihr Blick war starr auf die winzige Braut und den Bräutigam gerichtet, die oben auf der Torte thronten. Zum ersten Mal wurde ihr richtig klar, daß sie mit Miles vor den Altar treten würde, und das Bild erschreckte sie.

„Julia?" Miles wartete mit einer Gabel voll Kuchen darauf, daß sie den Mund öffnete. „Mach den Mund auf, Liebling."

Sie schaffte es, den Mund zu öffnen. *Warum müssen sich Brautpaare eigentlich gegenseitig mit Kuchen füttern? Was soll der Quatsch überhaupt?* Sie war verwirrt, lächelte jedoch strahlend, als sie Miles eine Gabel voll Kuchen in den Mund steckte. Seine Zähne erschienen ihr plötzlich riesengroß, und zum ersten Mal fiel ihr auf, wie schmal seine Lippen waren. Kein bißchen wie die von Trevor. *Wie kann ich mein Leben lang solche Lippen küssen?*

Julia kämpfte gegen ein Schwindelgefühl an, während die Leute jubelten und Miles sie idiotisch anlächelte. Kuchenkrümel hingen noch in seinen Mundwinkeln, als er sich zu ihr herabbeugte, um sie zu küssen. *Was passiert hier eigentlich? Bin ich im falschen Film? Anhalten!* Julia hatte das Gefühl, gleich durchzudrehen.

„Mutter", sagte sie. „Ich möchte mich frischmachen. Komm doch mit mir." Sie kämpften sich durch die Menge zur Damentoilette durch. Sobald sie drin waren, packte Julia Eleanors Arm.

„Mutter, ich glaube, ich habe einen riesigen Fehler gemacht! Plötzlich bin ich mir ganz sicher, daß ich Miles nicht heiraten kann. Es geht nicht!" Sie ließ sich auf ein Plüschsofa fallen.

„Ach, Unsinn, Julia! Hast du noch nie etwas von dem großen Zittern vor der Hochzeit gehört? Ich hatte das auch. Ich dachte nicht, daß ich es bis vor den Altar schaffen würde. Aber sieh nur, was ich verpaßt hätte! Dein Vater ist der beste Mann, den man sich denken kann, und Miles ist genauso. Ihr zwei seid wie füreinander geschaffen", beruhigte sie ihre Tochter und setzte sich neben sie. „Warte nur ab. Nächste Woche wirst du ein ganz anderer Mensch sein. Sei froh, daß du es jetzt erlebst und nicht während der Trauung."

„Hast du dich auch gefragt, ob Paps wirklich der richtige Mann für dich ist?"

„Aber natürlich. Ich hatte damals zahlreiche Verehrer, weißt du. Ich habe mich für Jacob entschieden, weil er der Beste war. Und ich hatte recht. Du betest deinen Vater doch an, genau wie ich. Zu denken, ich hätte beinahe diesen Jack Stanford geheiratet ... du solltest die Geschichten hören, die mir zu Ohren gekommen sind! Und fast hätte ich seinen Heiratsantrag angenommen. Erst letzte Woche habe ich gehört -"

„Mutter, hast du Daddy geliebt?"

„Natürlich habe ich ihn geliebt!"

„Ich meine, warst du vollkommen und hoffnungslos in Daddy verliebt?"

„Ach, das ist doch eine Schulmädchenphantasie! Wahre Liebe ist sehr viel stiller, friedlicher, gesetzter."

Julia nahm die Antwort kommentarlos entgegen. Ihre Eltern hatten sich miteinander arrangiert. Doch was war geopfert worden, um an diesen Punkt zu kommen? Hatte Eleanor eine echte, leidenschaftliche Liebe aufgegeben, die hätte andauern können? War sie dabei, denselben Weg einzuschlagen?

„Hör zu, Liebling. Alles ist in Ordnung. Du kennst Miles schon seit einigen Jahren. Du wirst eine glückliche Ehe führen und alles haben, was du verdienst. Und jetzt komm, wir dürfen die Gäste nicht mehr länger warten lassen. Dein Bräutigam wird denken, du seist ihm davongelaufen."

Kapitel Neununddreißig

Drei Tage vor der Hochzeit saß Julia oben auf den Klippen und stellte sich zum tausendsten Mal dieselbe Frage. *Tue ich das Richtige?* Sie blickte in den strahlenden Sommerhimmel hinauf und sprach mit Gott. „Ich warte immer noch auf ein Wort von dir. Es ist noch nicht zu spät. Doch es wird immer später."

Sie trug den Burnus, den Trevor ihr geschenkt hatte. Immer häufiger hielt sie sich dort oben auf den Klippen auf und suchte nach einer Antwort. Und immer trug sie den Burnus. Er vermittelte ihr ein Gefühl der Sicherheit. Er erinnerte sie an Trevor und seine Umarmung.

Wo bist du jetzt Trevor? Was tust du? Wenn nur Trevor einen günstigeren Zeitpunkt für seine Liebeserklärung gewählt hätte. Wenn sie ihn nur nicht fortgeschickt hätte! Julia seufzte und schloß die Augen, während sich der Wind in ihrer Kapuze fing. Immer noch hatte sie keine Antworten gefunden auf die Fragen, die sie quälten.

Sie kehrte zum Haus zurück. Miles telefonierte in der Küche, darum setzte sie sich ins Wohnzimmer und nahm Annas Tagebuch zur Hand. Shane war seit Wochen überfällig, und der Winter stand vor der Tür. Anna war verzweifelt.

24. Oktober 1848

Er hätte schon vor einem Monat hier sein sollen. Ich sage mir immer wieder, daß er in Sicherheit ist, in irgendeinem Hafen im Süden, und mir keine Nachricht schicken kann. Vielleicht ist die Nachricht aber auch bereits unterwegs. Ich verbringe meine Tage auf den Klippen und suche den Horizont nach den majestätischen Segeln der ‚Donnovan' ab. Gleichzeitig blicke ich immer wieder zur Straße hin, ob vielleicht ein Bote mir eine Nachricht von meinem Geliebten bringt.

Abends sitze ich im Leuchtturm und achte darauf, daß das Feuer immer hell brennt. Ich könnte es nicht ertragen, daß Shane in ein dunkles Haus zurückkehrt. Er muß wissen, daß ich warte und hoffe. Der Leuchtturmwärter ist bereits böse auf mich, weil ich mich in seine Arbeit einmische, und die Kinder sind ihm im Weg, wenn sie sich zu mir gesellen. Doch das macht mir nichts aus. Ich kann nur an eines denken: Shane.

Wo mag er nur sein? Er kann doch nicht alle diese Reisen überlebt haben, wenn er dann doch auf See sterben soll! Nicht, wo un-

sere finanziellen Sorgen jetzt vorbei sind! Nicht, wo er vier süße Kinder hat, die er aufwachsen sehen möchte! Nicht, wo er eine Frau hat, die ihn so sehr braucht!
Mein Herz bricht. Ach, Shane, komm nach Hause! Ich liebe dich! Wie sehne ich mich nach deiner Umarmung!

Julia hob gedankenverloren den Kopf. Tränen rannen ihre Wangen hinunter.

Miles stand neben ihr. „Was ist denn los, Liebling?"

Sie schluckte, versuchte die richtige Antwort zu finden. „Es ist Shane. Anna denkt, er sei auf See verschollen."

„Ich telefoniere noch, warte aber im Augenblick auf eine Verbindung. Es kann noch eine Weile dauern. Denkst du wirklich, du solltest im Augenblick so melancholische Dinge lesen? In drei Tagen möchte ich eine glückliche Braut haben – ja, ich bin noch dran."

„Verstehst du denn nicht? Shane kommt vielleicht nie mehr zurück! Vielleicht stirbt er! Wir wissen aus der Familienchronik, daß er auf See umgekommen ist. Ich kenne Anna doch jetzt. Es ist, als würde ich ihren Schmerz mitempfinden. Ich möchte nicht, daß sie auf seine Rückkehr hofft, wenn ich weiß, daß sie enttäuscht werden wird –"

„Richard! Schön, dich zu hören! Ich wollte mit dir über diesen Fall sprechen, den wir zusammen bearbeiten. Gerade habe ich erfahren ..."

Miles ging langsam zurück zur Küche, und Julia mußte gegen das Gefühl ankämpfen, zurückgestoßen worden zu sein. Sie vertiefte sich wieder in die vergilbten Seiten auf ihrem Schoß.

12. November 1849
Es ist vorbei. Das schlimmste Jahr meines Lebens liegt hinter mir, nachdem ich vom Tod meines Shane erfahren habe, mich jedoch weigerte, es zu glauben. Erst jetzt, nachdem ein zweites Schiff los-

gesegelt und wieder zurückgekommen ist, muß ich mich den Tatsachen stellen. Die Berichte stimmen überein.

Er ist tot.

Letztes Jahr ist er von Rio de Janeiro losgesegelt. Er wollte unbedingt zu uns zurück. Seine Ratgeber warnten ihn vor einer Wetteränderung, doch er ignorierte ihren Rat. Zwei Tage später tobte der schlimmste Sturm, den es in zwanzig Jahren gegeben hatte. Wir können nur annehmen, daß die ‚Donnovan' untergegangen ist, mit Shane am Ruder, der sich weigerte, das Schiff zu verlassen.

Ich will Frieden finden in der Tatsache, daß er in Erfüllung einer Aufgabe starb, die er geliebt hat, nein, für die er gelebt hat. Und doch bricht mein Herz wie die Masten der ‚Donnovan' in jener stürmischen Nacht, und meine Hoffnungen zerreißen wie ihre Segel.

Ich bin die alleinige Besitzerin der Donnovan-Werft. Tatsächlich haben wir seit der Abreise meines Shane vier Schiffe gebaut. Doch das Geld bedeutet nichts. Ich möchte meinen Gatten zurück. Ich sehne mich nach seiner Umarmung, seinen Küssen, seiner Liebe. Kein Geld kann ihn mir ersetzen.

Wenn nicht mein Glaube an Gott wäre, mein Licht auf dunklem Weg, und meine Kinder, würde ich nicht mehr leben wollen.

Tränen strömten Julias Wangen hinunter und mischten sich mit den Flecken auf Annas Tagebuch. Wie mußte sie geweint haben! Julia litt mit ihrer Urahnin, sie durchlebte mit ihr zusammen ihren Schmerz. Sie konnte das so gut nachempfinden! Hastig wischte sie sich die Tränen fort. Sie hatte Angst, sie könnten das Tagebuch ihrer Ururgroßmutter ruinieren. „Ach, Anna." Julia blickte zum Leuchtturm hinüber.

Sie wollte in der Zeit zurückgehen und sie trösten. Eine solche Liebe! Wieder einmal nahm sie ihren Umhang und ging hinaus zu den Klippen.

Miles, der noch immer mit seinem Telefonanruf beschäftigt war, bemerkte gar nicht, daß sie das Haus verließ.

Kapitel Vierzig

Es war ein wunderschöner Augusttag. Julias Kleid war wieder heil und saß hervorragend. Die Blumen in ihrem Garten blühten, die Stühle waren gestellt, das Streichquartett stimmte seine Instrumente. Tara eilte im Haus umher, behielt die Vorgänge in der Küche im Auge, wollte aber auch ihrer Freundin beim Zurechtmachen zur Seite stehen.

Emily kämpfte mit den winzigen Knöpfen auf Julias Rücken. Besorgt betrachtete sie das niedergeschlagene Gesicht ihrer Schwägerin im Spiegel. Nach dem vierten Versuch, einen weiteren Knopf zuzuknöpfen, machte Emily eine Pause.

„Julia, was ist los?" fragte sie.

„Ich weiß es nicht."

„Mein Hochzeitstag war der glücklichste Tag in meinem Leben! Hast du Zweifel? Was ist los?"

„Es scheint völlig falsch zu sein! Das können nicht nur gewöhnliche voreheliche Ängste sein. Ich zittere am ganzen Leib." Sie hob die Hand und zeigte Emily, daß sie sie nicht ruhig halten konnte. Ihr Diamantring funkelte in der Sonne.

Eleanor platzte ins Zimmer und unterbrach ihre Unterhaltung. „Ach, wie hübsch du aussiehst! Ich denke, du brauchst ein wenig mehr Rouge. Du solltest bald fertig sein, Julia. In einer halben Stunde sollen die Gäste Platz nehmen, und der Fotograf will noch einige Bilder von dir schießen.

Er wird aber aufpassen, daß Miles dich nicht zu sehen bekommt."

„Ein kleines Wunder", murmelte Julia.

„Wie bitte?"

„Äh – das sind ganz besondere Momente. Ich will jeden von ihnen auskosten."

„Ja, gut. Emily scheint ihr Bestes zu geben, um dich schönzumachen." Sie lächelte ihre Schwiegertochter etwas gezwungen an. „Ich will euch nicht im Wege sein. Ich werde einmal nachsehen, wie Tara und die Leute in der Küche vorankommen."

„Danke, Mutter", sagte Julia schwach.

Emily machte sich wieder ans Zuknöpfen. Als sie oben angekommen war, nahm sie Julias Schleier, der an einem Perlenkranz befestigt war. Der Schleier reichte bis zum Boden. Für eine Trauung im Garten war das Kleid ein wenig zu lang, doch Julia hatte es unbedingt tragen wollen.

„Julia", begann Emily vorsichtig. „Wenn du nicht möchtest ..."

„Nein", Julia zwang sich zu lächeln. „Ich bin blöd. Es sind nur alberne Ängste. Laß uns gehen."

Vorsichtig befestigte Emily den Schleier in Julias hochgestecktem Haar. Die Frisur erinnerte Julia an den ersten Abend, an dem Trevor und sie zusammen zu Abend gegessen und aus Annas Tagebüchern vorgelesen hatten. Wie er sie angesehen hatte! Die Knie wurden ihr weich, als sie an diesen Blick dachte. Julia schloß die Augen und verscheuchte das Bild.

„Der große Augenblick ist da", sagte Emily. „Sieh dich an!"

Julia gehorchte, betrachtete sich im Spiegel. Emily kletterte auf den Stuhl neben ihr und ordnete ihren Schleier.

Sie sah tatsächlich aus wie eine Prinzessin. Ein Schauder überlief sie. „Wahnsinn", sagte sie.

„Du siehst wunderschön aus“, sagte Emily. „Das Kleid, dein Haar ... wirklich umwerfend.“ Ihre Augen glitzerten feucht, und auch Julia mußte gegen die aufsteigenden Tränen ankämpfen.

„Es ist Zeit, Liebling“, sagte Eleanor. „Der Fotograf wird ungeduldig.“ Sofort war sie wieder aus dem Zimmer gerauscht.

Julia blickte zum letzten Mal aus dem Fenster. Die Gäste trafen bereits ein und nahmen ihre Plätze im Garten mit Blick aufs Meer ein. Vor aller Augen würde sie Miles ihr Eheversprechen geben. *Es ist alles vorbereitet. Ich wäre verrückt, wenn ich jetzt einen Rückzieher machen würde. Trevor ist fort. Miles wartet. Das Rad dreht sich. Es gibt kein Zurück mehr.*

Sie drehte sich um und folgte Emily die Treppe hinunter.

*

Es war ein warmer Sommernachmittag, und eine sanfte Brise wehte vom Meer her. In der Tat war es ein idealer Tag für eine Hochzeit. Die Musiker begannen, den bekannten Hochzeitsmarsch zu spielen, während die letzten Gäste ihre Plätze einnahmen. Julia wollte schon Tara festhalten, als ihre Freundin mit einem schnellen „Viel Glück“ an ihr vorbeieilte; sie wollte Emily zurückhalten, die den Gang entlangschreiten und der Braut den Weg bereiten sollte, doch sie brachte keinen Laut heraus.

Miles trat vor, grinste Julia an und winkte sie nach vorne. In seinem Frack sah er sehr gut aus, sein braunes Haar schimmerte im Sonnenlicht. Seine Augen waren voller Hoffnung, und er wirkte vollkommen entspannt.

Haben wir in den vergangenen Tagen überhaupt miteinander gesprochen? Er schien immer am Telefon zu hängen oder weg zu sein. Wird unser gemeinsames Leben immer so aussehen? Werden wir öfter getrennt als zusammen sein? Sie fühlte sich wie eingefroren, doch sie setzte ein gezwungenes Lächeln auf. Die Gäste sahen sie bereits fragend an, die Musiker wiederholten den letzten Refrain, da sie nicht zu spielen aufhören konnten, bevor die Braut vorne neben dem Bräutigam stand. Immer noch zögerte Julia. Ihr Vater beugte sich zu ihr herüber und machte ihr Mut. Miles zog unwillig die Augenbrauen zusammen.

„Es wird alles in Ordnung kommen, Schatz", sagte Julias Vater. „Du wirst sehen, es wird alles gut werden. Du hast eine gute Entscheidung getroffen."

Der beruhigende Tonfall seiner Stimme löste sie aus ihrer Erstarrung, und sie gestattete ihm, sie den Gang entlangzuführen. Sie vertraute seiner Stimme, seiner Meinung. Dieser Mann liebte sie. Er schätzte Miles. Sollte sie das nicht auch tun?

Sie kamen vorne bei Miles an. Jacob schüttelte seinem zukünftigen Schwiegersohn die Hand. Er hob Julias Schleier hoch und gab ihr einen Kuß auf die Wange, dann nahm er ihre Hand und legte sie in Miles'.

Das war's.

Der Prediger begann mit seiner Ansprache, doch Julia hörte gar nicht, was er sagte.

Hat Anna genauso empfunden, als sie Shane heiratete? Anscheinend hat er sich ziemlich bemühen müssen, sie zu überzeugen. Und wie glücklich sie gewesen sind! Vielleicht kann sich auch zwischen uns eine solche Liebe entwickeln! Sie blickte hoffnungsvoll in Miles' Gesicht, doch sah nichts darin, was sie überzeugen konnte.

In der Ferne vernahm sie das Knattern eines Motorrades, doch sie wandte den Blick nicht vom Gesicht des Pastors ab.

„Miles Beckley, willst du Julia Rierdon zu deiner dir rechtmäßig angetrauten Ehefrau nehmen, sie lieben und ehren, in guten wie in bösen Tagen, in Krankheit und Gesundheit, bis daß der Tod euch scheidet?"

„Ich will."

Wie durch eine verzerrende Glasscheibe hindurch verfolgte Julia, wie Miles ihr den Ring an den Finger steckte. Hörten die anderen denn das Motorrad nicht? Wußten sie denn nicht, was das bedeutete? Waren sie alle taub?

„Julia Rierdon, willst du Miles Hampton Beckley zu deinem dir rechtmäßig angetrauten Ehemann nehmen, ihn lieben und ehren, in guten wie in bösen Tagen, in Krankheit und Gesundheit, bis daß der Tod euch scheidet?"

„Sag nicht ja!" befahl eine feste Stimme aus dem Hintergrund. Ein Raunen ging durch die Reihe der Gäste.

Julia drehte sich um und blickte ihn an. Er war zurückgekommen! Ihr Herz jubelte; ihre Augen funkelten. Er war da!

Sie sah zu Miles hoch. Er war offenbar wütend über die Unterbrechung und verstand überhaupt nicht, was vorging.

„Warum bist du hier, Trevor?" fragte sie leise.

Kapitel Einundvierzig

„Ich glaube, du weißt, warum ich hier bin", antwortete er so laut, daß alle es hören konnten. „Ich bin hier, weil du mich nicht losgelassen hast. Je weiter ich weglief, desto öfter mußte ich an dich denken. Ich bin hier, weil ich mich immer mehr in dich verliebe, je länger ich dich kenne. Ich bin hier, weil du die schönste, klügste, umwerfendste Frau bist, die ich je kennengelernt habe. Ich bin hier, weil ich mir ein Leben ohne dich nicht vorstellen kann und weil ich der Meinung bin, daß du den falschen Mann heiraten willst. Ich bin hier, weil ich dich fragen möchte, ob du mich heiraten willst, und um dir zu versprechen, daß ich dich nie mehr allein lassen werde."

Mit diesen Worten kam er nach vorne, fiel vor ihr auf die Knie und holte einen Ring aus seiner Tasche, einen schlichten antiken Goldreif.

Miles, außer sich vor Wut, wollte auf Trevor losgehen, doch Jake hielt ihn mit festem Griff zurück. „Meine Schwester hat eine Entscheidung zu treffen", sagte er. „Und Sie werden sie das tun lassen, ohne sich einzumischen."

Julia blickte von Trevor zu Miles und wieder zu Trevor. Alle hielten den Atem an, während sie überlegte.

„Es tut mir leid, Miles", sagte sie dann und blickte zu ihm auf. Ihre Augen baten um Entschuldigung, als sie den teuren Ring abnahm und ihn Miles zurückgab. „Ich hätte es nie so weit kommen lassen dürfen."

„Das will ich meinen." Er warf den Ring zu Boden und stapfte davon. Einen Augenblick blieb er noch stehen und spuckte die Worte aus: „Du wirst noch von mir hören".

Sie ignorierte ihn. Ihre Augen hingen an Trevor, der immer noch vor ihr kniete. Kein Laut war von den Gästen zu hören, die gespannt darauf warteten, wie es weiterging. Doch Julia konzentrierte sich nur auf den Mann vor sich in der braunen Lederjacke und dem weißen Hemd. Das war der Mann, der sie wirklich liebte. Das war der Mann, der ihr das sein würde, was Shane für Anna gewesen war. Das war der Mann, den sie liebte.

Julia nahm den Ring aus seiner Hand entgegen.

„Er hat etwa dasselbe Alter wie der von Anna", sagte er.

„Ein angemessener Verlobungsring", erwiderte sie. Zärtlich strich sie ihm über die Wange. „Ich bin so froh, daß du zurückgekommen bist", sagte sie.

Er stand auf, hob ihren Schleier hoch und küßte sie stürmisch. „Ich auch", sagte er. „Ich auch!"